Hors service

Du même auteur

Internet, le nouveau presbytère ou comment rassembler des brebis avec des souris, Lethielleux, 2016.

Jean-Paul II, Santo Subito ! Spectacle pour les familles en sept scènes et un épilogue, Parole et Silence, 2009.

Charles de Foucauld, prince du désert. Spectacle pour les familles, Lethielleux, 2009.

Père Pierre Amar

HORS SERVICE

ARTÈGE

Éditions Artège
10, rue Mercœur - 75011 Paris
9, espace Méditerranée - 66000 Perpignan

www.editionsartege.fr

ISBN : 979-10-336-0888-2
EAN Epub : 9791033609001

À tous ceux qui sont malades, et à ceux qui les soignent,
particulièrement le personnel de l'HIA Percy,

À Yves, Pierre-Hervé, Guillaume, Antoine, Gaultier, Jean-Marie,
Grégoire, Clémence, frères et sœur dans l'épreuve,

À Christophe qui s'est occupé de tout et d'une partie
du reste, à Pauline qui a tout supporté sans rien dire,

À ma famille, soutien sans failles et spécialement à Luc, qui a été aux
premières loges d'un curieux spectacle,

À tous ceux qui ont prié pour moi et qui m'ont porté,
particulièrement Madeleine, Nathalie et Marie-Jeanne,

À l'équipage du Malena et son skipper,
témoins désolés, sans rancune,

À Jean Mercier,
l'homme qui comprenait si bien les prêtres,

À mes paroissiens, abandonnés en rase campagne,

Aux Petites Sœurs des Pauvres
de « Ma Maison » à Versailles,

À mon évêque, Mgr Éric Aumonier,
visiteur paternel et compatissant,

À tous mes frères prêtres, surtout ceux qui souffrent.

Ce qui fait que la vie est lourde de sens,
c'est non pas l'extension, la quantité,
mais l'intensité, la force des expériences vécues.

Romano Guardini, *Les âges de la vie.*

Que m'arrivera-t-il aujourd'hui, ô mon Dieu,
je l'ignore. Tout ce que je sais, c'est qu'il ne m'arrivera rien
que vous n'ayez prévu de toute éternité.
Cela me suffit Seigneur pour être tranquille.

Prière récitée tous les jours par Madame Élisabeth,
sœur de Louis XVI.

Introduction

« En cas de diagnostic ou de pronostic grave, quelle personne de votre entourage faut-il prévenir ? » La question a beau être posée sur un ton très neutre, elle me fait sursauter. Très professionnelle, la secrétaire médicale ne réagit pas.

La demande est certainement habituelle dans un service de chirurgie. Mais c'est la première fois de ma vie qu'on me la pose, car je n'ai jamais été hospitalisé. Allongé sur mon lit, je me redresse pour renseigner le document. Mauvaise idée : cela tire sur la longue cicatrice qui barre mon abdomen de haut en bas. Dans quelques jours, on va l'ouvrir une seconde fois. J'esquisse une légère grimace de douleur et jette un regard sur le pied à perfusions, témoin silencieux de la scène. Depuis quelque temps, les produits et les tuyaux s'y multiplient. « Cette fois-ci, c'est du sérieux », me dis-je. Je donne un nom, celui du père Genouville, qui aura une place essentielle dans les mois qui viennent. Je l'appelle quelques minutes après pour lui raconter la scène et lui expliquer qu'il est l'heureux élu. « S'il m'arrivait quelque chose, c'est toi qu'on appellera. Ah oui, il y a une enveloppe à tel endroit, au cas où… » Curieuse conversation au cours de laquelle je dois formuler, et surtout pour moi-même, l'éventualité d'un aller simple.

Memento mori, dit l'antique sagesse chrétienne. Souviens-toi que tu vas mourir. La mort ? Je connais ! J'ai déjà vu des cadavres. J'ai fermé les yeux de personnes décédées. J'enterre parfois trois à quatre fois par semaine dans l'une de mes dix-huit églises. Je console et accompagne des familles depuis plus de seize années. La mort est une réalité à laquelle j'ai déjà réfléchi. Mais là, d'un coup, je réalise qu'on imagine l'éventualité de *ma* mort. Cela change tout. On me croira ou non, je n'ai pas peur. C'est bizarre, mais j'éprouve même un sentiment de paix. Célibataire, sans enfants, je ne laisserai personne dans le besoin. Mieux encore, je verrai Dieu, et ça, c'est quand même une belle nouvelle ! Et puis, surtout, c'est une lapalissade, je sais que je ne souffrirai plus. « Il n'y aura plus de pleurs ni de peine, car l'ancien monde s'en est allé », dit un beau cantique. J'ai prévu qu'on le chante à mon enterrement ; c'est indiqué dans la fameuse enveloppe (*spoiler* !). Je n'ai pas peur de mourir, certes. Mais peur de souffrir, assurément. Je souffre de partout depuis trois semaines. Je ne pensais pas qu'on pouvait avoir aussi mal dans la vie.

Les lignes qui suivent ne sont pas le simple témoignage d'un malade qui revient de loin[1]. Après tout, les prêtres souffrent comme tout le monde et il existe déjà de nombreux récits, très émouvants, qui témoignent d'épreuves encore bien plus rudes[2]. Mais si vous n'avez jamais vraiment souffert

---

1. Dans ce qui va suivre, l'aspect médical n'est donc que suggéré. D'abord pour rester discret sur un dossier médical. Mais aussi par volonté, afin de ne pas trop particulariser un propos sur l'expérience de l'épreuve et de la souffrance qui a vocation à rester général.

2. Par exemple, Benoît et Marie-Axelle CLERMONT, *Gaspard, entre terre et ciel*, Le Cerf, 2018, ou encore Anne-Dauphine JULLIAND, *Deux petits pas sur le sable mouillé*, Les Arènes, 2011.

dans votre corps, si les événements de la vie ne vous ont jamais commandé de vous arrêter brutalement et pour une longue période, si vous n'avez jamais connu cette crucifiante expérience où la tête veut faire plein de choses mais le corps lui répond par la négative, cet ouvrage pourrait vous intéresser. Ce n'est pas seulement une catharsis pour celui qui témoigne. C'est un appel et une vigilance. La vie est belle. Parfois, on ne s'en aperçoit que lorsqu'il faut faire pause. Comme le dit Jean d'Ormesson dans son dernier ouvrage posthume, « l'histoire est imprévisible [...], personne n'est sûr de rien ». Car on ne maîtrise pas tout et la maladie ne passe pas que chez les autres. On se pose alors des questions nouvelles, qui portent sur l'essence de la vie.

Revenons quelques semaines en arrière...

I

Lui avec moi

Amen, amen, je te le dis : quand tu étais jeune,
tu mettais ta ceinture toi-même pour aller là
où tu voulais ; quand tu seras vieux, tu étendras
les mains, et c'est un autre qui te mettra ta ceinture, pour
t'emmener là où tu ne voudrais pas aller.

Évangile selon saint Jean 21,18.

Ça va passer

« Ça va passer… Ça passe toujours… Une bonne nuit, un Doliprane… et on n'en parle plus. » Combien de fois ai-je appliqué cette méthode ? Elle marche souvent. Pour presque tout le monde. Après tout, ce mal de ventre est d'une banalité affligeante. Et puis, pas question de gâter cette croisière estivale avec des jeunes professionnels trop sympathiques. Le ciel est bleu, la mer aussi, le *Malena* – notre voilier – est magnifique et le vent gonfle ses voiles. Partis il y a quelques jours du port de Gênes en Italie, nous ne nous lassons pas du sublime paysage des Cinque Terre. Cette rangée de villages pittoresques situés sur le littoral accidenté de la Riviera italienne est un avant-goût du paradis. Y arriver par les ports est, à chaque fois, un véritable régal pour les yeux. Et le sentier de randonnée qui relie les villages entre eux à flanc de falaise est unique.

À bord, j'ai proposé deux règles aussitôt acceptées par l'équipage : je ne touche à rien car mes compétences maritimes sont nulles (mais je fais la vaisselle !) et je célèbre la messe tous les jours. À part la stabilité du calice qu'il faut bien surveiller d'un coin de l'œil, la messe au large sur un bateau à voile est une expérience singulière et finalement pas si périlleuse. Je la recommande à tous mes confrères prêtres afin qu'ils expérimentent eux aussi cette sensation d'infini qui vous enveloppe dans les deux dimensions : à l'horizontale avec la mer à perte de vue, mais aussi à la verticale avec la voûte céleste. En plus du désert et de la montagne, lieux d'immensité qui ne sont pas des vides mais des plénitudes, la mer est décidément un lieu où prier devient plus facile.

Le moral aventureux, j'ai envoyé une petite vidéo humoristique à un ami juste en quittant notre port d'attache, n'oubliant pas que c'est depuis Gênes que Christophe Colomb est parti découvrir l'Amérique. Depuis la poupe de notre voilier, je m'autoproclame grand aumônier de la flotte et j'annonce fièrement que je pars à mon tour découvrir un nouveau monde. Je ne crois pas si bien dire… Un voyage unique, inédit, au pays de la fragilité, de l'abandon et de la dépendance se prépare. Il aura beaucoup de sens : tout ce qui est vécu en plénitude n'est jamais vain.

Ça ne passe pas

Car… ça ne passe pas ! Les maux de ventre se font terriblement violents et les nausées nombreuses. On m'évoque en vrac la fatigue, le mal de mer ou le soleil de Ligurie qui tape dur. Comme tout homme bien élevé qui se respecte, j'ai le sentiment de déranger. Je multiplie les « Je suis désolé », car je perçois que je suis évidemment un sujet d'inquiétude. Je réalise que déranger est contraire à toute mon éducation. Dans nos milieux un peu classiques et bourgeois, on apprend à sauver la face, à faire semblant. Certains sont même très forts à ce petit jeu-là. Peut-être faut-il y voir l'une des raisons de la baisse du recours au sacrement de confession ? Hors de question de montrer ses failles, ses faiblesses, son péché. Hors de question de déranger et d'être ainsi un objet d'attention et de souci. Il faut au contraire être fort, droit dans ses bottes et donner le change. Je me souviens même d'avoir entendu un jour une maman dire à ses enfants : « On ne pleure pas en public. C'est une manière d'attirer l'attention des autres. On pleure dans sa chambre, seul. »

Quoi qu'il en soit, sans toutefois pleurer, j'ai mal. Et la fièvre monte… Il faut se résigner et accepter l'humiliation d'appeler à l'aide. Ce fameux « Je ne vais pas bien, j'ai besoin de toi » est si difficile à dire ! Il crée un nouveau lien : celui de la dépendance. Un ami d'enfance, infirme moteur cérébral, psychosociologue et conférencier reconnu, a sur ce rapport des propos particulièrement éclairants. Il va même très loin en soutenant que le handicap permet d'améliorer le bien commun[1].

Il est vrai que la dépendance révèle l'humanité. Chez les animaux, le faible est délaissé : c'est la loi de la jungle. Mais notre humanité mérite bien mieux. Si la dépendance et la fragilité n'existaient pas, ne serions-nous pas tous d'abominables égoïstes ? L'individualisme serait omniprésent. Sans la dépendance, plus de Mère Teresa, d'Abbé Pierre, de saint Vincent de Paul, plus de Secours catholique ou de Restos du cœur. Rien qu'une masse d'individus suffisants et égocentriques.

Épuisé et sonné, je dois suggérer à l'équipage de me débarquer chez un prêtre, dom Jean-François, curé d'une paroisse de la banlieue de Gênes. C'est le début d'un long et rude voyage immobile.

1. Jean-Baptiste HIBON, *Une sacrée erreur ! Laissez le handicap vous rééduquer*, Le Cerf, 2015 ; voir aussi jean-baptiste-hibon.com.

Tout lâcher

Malgré son hospitalité fraternelle, son sens de l'humour ravageur et ses anecdotes sans fin, quelques jours de repos chez dom Jean-François ne suffisent pas à arranger les choses. Il faut se résigner à me rendre à l'hôpital avec lui. Sur place, tout s'enchaîne et bascule en à peine quelques minutes : le brancard, la pose d'un premier cathéter, l'antalgique pour calmer les tremblements, l'ambulance, le scanner, direction le bloc en urgence… J'apprendrai plus tard que dom Jean-François a eu très peur. Moi, j'ai juste très mal. Mes yeux mi-clos tombent sur l'étiquette qu'on vient de coller sur mon brancard, signifiant l'importance du cas médical : je suis en protocole « Giallo », jaune, l'équivalent de notre « urgence relative ». Les vacances sont terminées.

J'étais jusqu'ici un prêtre un peu suractif. Il y a une phrase que je ne cesse de répéter comme une boutade à tous ceux qui, en paroisse, me suggèrent plus ou moins gentiment de ralentir : « On se reposera au ciel ! » Mon programme d'été, d'ailleurs, est un tourbillon sans fin. C'est simple, j'ai tout enchaîné à deux cents à l'heure. Camp scout, retraite pour les familles près de Bordeaux, congrès aux États-Unis suivi d'un séjour de rêve à New York avec mon frère et ma belle-sœur, retour en France pour la SFR, la semaine familiale réglementaire, croisière en Méditerranée avec des jeunes professionnels et enfin marche en solitaire vers

Compostelle. Ce tourbillon s'achève, stoppé net, à l'hôpital Villa Scassi-Sampierdarena de Gênes, qui n'est pas franchement l'Ibiza de la clinique. La croisière est écourtée et il n'y aura pas de tronçon vers Compostelle. Dans quelques heures, il n'aura plus très fière allure, avec sa sonde urinaire et ses deux drains, l'explorateur qui se prenait hier pour Christophe Colomb ! Il lui faut tout lâcher. C'est peut-être encore plus délicat pour un célibataire qui organise sa vie un peu comme il le veut depuis fort longtemps.

Bien sûr, la vie du prêtre est faite d'obéissance, d'événements et de rencontres auxquels il doit consentir, mais je persiste à croire que le sacerdoce est d'une certaine façon une sorte de profession libérale. Avec la messe, point fixe quotidien, la journée est tout de même un petit tourbillon où il faut consentir à se laisser déranger afin d'être « tout à tous ». Près de la moitié de nos journées est d'ailleurs remplie d'événements et de rencontres non prévus. Un ami maire me disait un jour qu'il vivait la même réalité. Impossible en tout cas de se laisser aller : le travail ne manque pas. Qui dira à ce monde qu'il est aimé par Dieu ? La moisson est abondante ! Donc, « on se reposera au ciel », c'est presque ce que disait Christian Streiff, la transcendance en moins : « Je me reposerai quand je serai mort. » PDG du groupe PSA Peugeot Citroën, débordé et aimant ça, cet homme de cinquante ans est foudroyé en 2008, du jour au lendemain, victime d'un AVC qui le pousse aux portes de la mort. Sa vie bascule en un instant. La reconstruction sera lente et laborieuse[1].

---

1. Il témoigne dans un livre émouvant, récemment adapté au cinéma avec Fabrice Luchini dans son rôle. Christian STREIFF, *J'étais un homme pressé*, Éditions du

Je ne suis certes pas le PDG d'une entreprise du CAC 40, mais j'aime moi aussi l'action et méprise les vacances, sauf si elles me permettent de faire (enfin !) mille choses. Petit, mon frère Luc m'emmenait pêcher dans une rivière proche de notre maison de vacances. Je détestais ça : attendre un hypothétique poisson, en tenant – immobile et sans parler – une canne à pêche, mais quelle torture ! Pas pour le poisson, mais pour le pêcheur ! Alors, que les choses soient claires : ma voiture est un turbo diesel, je n'ai plus que sept points sur mon permis et j'enrage parce que mon presbytère n'est pas encore éligible à la fibre optique. Bref, vous avez compris : je suis un impatient. Je déteste attendre et perdre mon temps. Je vais découvrir que ce n'est pas pour rien qu'à l'hôpital, les malades sont appelés les « patients ». On y passe la majeure partie de son temps à attendre. Et les journées sont longues.

L'expérience qui m'est donnée de vivre commence par ce premier lâcher-prise : attendre. Ne plus maîtriser grand-chose. Ne pas comprendre ce qui se passe et juste avoir mal. Cette expérience s'accompagne d'une autre difficulté qui va considérablement m'embarrasser : la barrière de la langue. Car je ne connais que des rudiments d'italien, et d'italien courant. Juste la base vitale, c'est-à-dire comment commander dignement une pizza ou une glace… C'est déjà pas mal, mais c'est un peu court. Comme toute langue latine, l'italien se comprend assez facilement. Mais le langage médical est bien plus spécifique. Les enjeux dépassent cette fois le prix d'une pizza ou le parfum d'une *gelati* ! Comment renseigner le médecin ? Comprendre les questions de cette

Cherche Midi, 2014.

infirmière ? Lui dire que je suis allergique à tel produit ? Que j'ai mal à tel endroit ? Lui demander de relever ma tête de lit ? D'humecter mes lèvres ? De baisser le store ? De bien vouloir recharger mon téléphone ? Et d'ailleurs, comment dit-on « prise électrique » en italien ?

« Google traduction » devient mon meilleur ami. Pas très frais, je cherche un moyen pour mémoriser en italien cette phrase ô combien essentielle pour un malade : « J'ai mal », « *Ho male* ». Je me souviens alors que l'archevêque de Boston, aux États-Unis, s'appelle O'Malley. Une nuit où la douleur se fait particulièrement forte, j'actionne la sonnette et hurle à l'infirmière : « Boston ! Boston ! » Elle ouvre des yeux ronds : « *Ma cosa sta succedendo a Boston* ? » – « Mais que se passe-t-il à Boston ? » J'en ris encore…

Pourquoi Dieu permet-il cela ?

« Ce n'est pas juste, vous, un prêtre dans la force de l'âge. Mais que fait le bon Dieu ? » Il m'est arrivé d'entendre cette remarque plus d'une fois. Mais les urgences pédiatriques ne sont-elles pas une injustice plus grande encore ? Il n'y a pas d'âge pour souffrir. L'épreuve de la souffrance et l'œuvre du mal dans le monde sont d'abord un immense et terrible scandale, pour tous les âges.

Lors de l'une de mes longues après-midi de convalescent, j'ai eu la joie d'une visite surprise : celle du père Matthieu Dauchez, directeur de la fondation Anak-Tnk[1], qui vient en aide aux enfants défavorisés de Manille. Au cœur d'une ville où prostitution, misère, exploitation, maladie, corruption, violence se conjuguent pour créer des drames souvent irréversibles, il se dévoue corps et âme pour mettre de l'espérance et de la joie. Sa fondation vient en aide à près de mille cinq cents enfants de la capitale philippine. Sa visite est déjà un beau cadeau mais il m'en donne un autre : son dernier livre intitulé *Pourquoi Dieu permet-il cela ? Les enfants des rues face à la question du*

1. www.anak-tnk.org.

mal[1]. Je reçois ce cadeau comme un clin d'œil du Seigneur. Témoin des pires situations, l'abbé Dauchez évoque avec profondeur un sujet délicat et complexe. Le chapitre qu'il consacre à la « noblesse des larmes » est particulièrement prenant.

Dans l'ambulance qui fonçait sirène hurlante dans les rues de Gênes (je recommande cette expérience, car les ambulanciers italiens sont certainement des pilotes de rallye qui s'ignorent !), puis sur mon lit d'hôpital, je n'ai évidemment pas manqué de me poser la question : « Pourquoi ? » Comment pourrais-je y échapper ? C'est *la* question. Au seuil de ce livre, je ne peux l'éviter.

« Pourquoi ? » Je crois qu'il n'y a sur cette terre aucune réponse satisfaisante. Et plutôt que de ressasser sans arrêt cette question – et entrer ainsi dans une logique mortifère – j'ai décidé de la remplacer par une autre : « Comment ? » Comment vais-je vivre et porter tout ça ? Comment vais-je franchir l'obstacle et affronter l'épreuve ? Le mot « épreuve », d'ailleurs, est à double sens. Il est cet événement qui touche et fait mal, mais il est aussi cette difficulté à affronter et qui, une fois remportée, donne la victoire. Ne parle-t-on pas des épreuves des Jeux olympiques, de l'épreuve du baccalauréat ou d'un concours ? Hospitalisé pendant les cérémonies de célébration de la fin de la Première Guerre mondiale, j'ai eu tout le loisir de visionner des documentaires sur les sacrifices des poilus. C'est peut-être idiot, mais leur héroïsme a été pour moi source d'inspiration pour « ma guerre à moi ». Ma guerre, c'était de me battre, comme eux. Avec la même

---

1. Matthieu DAUCHEZ, *Pourquoi Dieu permet-il cela ? Les enfants des rues face à la question du mal*, Artège, 2018.

rage et la même volonté d'en sortir et de mettre un terme à toute cette horreur.

Mais il y a une autre piste de réponse, bien sûr. Pays concordataire, l'Italie place des crucifix un peu partout. On en trouve donc logiquement dans les hôpitaux. Croyant ou non, chrétien ou pas, vous avez droit à un crucifix dans votre chambre d'hôpital, pile devant votre lit. Immobile, meurtri et ravagé par la douleur, difficile de ne pas se comparer au Christ. Comme je l'ai regardé des heures ce crucifix, surtout la nuit ! Beaucoup de nos contemporains voudraient le supprimer de l'espace public. Ce fut le cas en Allemagne, il y a quelques années. Il est vrai que la vue d'un homme à moitié nu et torturé à mort ne peut que déranger. Pourtant, quelle source de force pour ceux qui souffrent ! Car c'est la preuve que Dieu est proche : il souffre lui aussi.

Pensant me donner du courage durant l'hospitalisation, un jeune confrère, pour qui j'ai encore plein de sympathie, m'envoie un jour un message reprenant les propos de saint Paul : « Tu complètes en ta chair ce qui manque à la Passion du Christ[1]. » Et il ajoute : « L'Église en est tout émue et fort redevable. » Éreinté et me tordant dans mon lit, j'ai la fausse impression qu'il me félicite d'être sur la croix avec Jésus. Il serait certainement le premier confus à réaliser que ce qu'il envisageait comme une authentique parole de réconfort ait eu l'effet inverse. Il a bien sûr tout à fait raison de me citer la Bible, mais ce n'est pas le bon moment. Combien de fois n'ai-je pas, moi aussi, tenu des propos justes, mais au mauvais moment ? Ce qui est sûr, c'est que

1. Cf. Col 1,24.

lorsque le corps aboie, la phrase de saint Paul est impossible à entendre. Je bondis : que mon confrère prenne donc ma place puisqu'elle est bonne ! Je n'ai aucune intention de souffrir, ni aujourd'hui, ni demain. En ce sens, je n'ai jamais été très à l'aise en écoutant la fameuse « prière du para » qui fait dire à ceux qui la récitent ou la chantent : « Mon Dieu, donne-moi la souffrance. » Chantée sur l'air de la musique de la Marche consulaire à Marengo, il faut reconnaître que la mélodie est prenante. Mais comment peut-on demander explicitement de souffrir ? Cette demande quasi masochiste ne figure d'ailleurs pas dans le texte original de l'auteur, un jeune officier mort héroïquement en 1942[1]. Heureusement que le soir même, Nathalie, une maman amie, rescapée de la guerre de Liban et hélas experte en souffrance physique, compense le propos de mon jeune confrère en trouvant cette fois-ci les mots qui apaisent : « Courage *Padre*, Jésus souffre avec vous, il pleure avec vous, il a mal avec vous ! »

Car Jésus n'est pas venu sur terre avec une baguette magique pour nous dire : « Abracadabra, je vais tout changer, vous ne souffrirez plus. » Il est venu avec une croix non pour anéantir le mal, mais pour l'affronter et le vaincre. Attribuée à Paul Claudel, cette phrase l'exprime très bien : « Dieu n'est pas venu supprimer la souffrance, il n'est même pas venu pour l'expliquer. Il est venu pour la remplir de sa présence. »

Et c'est peut-être la deuxième et plus grande leçon que la foi chrétienne peut nous donner. C'est quand le Christ était suspendu à la croix, ne pouvant remuer ni pieds ni mains, qu'il a opéré l'œuvre la plus grande de sa vie : sauver

1. Le texte de l'aspirant Zirnheld figure à la fin de cette partie.

le monde. Si je le veux, je peux faire comme lui et ne plus souffrir pour rien. Absurde et scandaleuse, la souffrance peut alors prendre un sens. Je peux l'offrir et l'orienter, l'associer à celle du Christ. Durant mon hospitalisation, les intentions n'ont pas manqué : crise des prêtres pédophiles, suicide de deux prêtres à Rouen et Orléans, synode romain sur les jeunes… J'ai même proposé qu'on m'envoie des intentions de prière, convaincu qu'elles seraient autant d'occasions pour offrir et donc, ne pas souffrir pour rien. Quitte à être immobilisé à l'hôpital, autant rentabiliser !

Comment font les non-croyants quand ils souffrent ? Ils ont bien mal comme nous tous, non ? Mais sans le remède de la prière et de l'offrande, comment font-ils ? Je me pose encore la question en écrivant ces lignes. C'est d'ailleurs l'une des raisons pour lesquelles j'ai dévoré *Le lambeau* de Philippe Lançon[1]. Journaliste à *Libération* et *Charlie Hebdo*, miraculeux rescapé de l'effroyable tuerie de 2015, cet homme, qui n'est pas franchement un pilier d'église, a passé des mois à l'hôpital, dont plusieurs sans parler. Soyons francs : tout m'éloigne de *Charlie Hebdo*, dont tant de unes n'ont cessé de me blesser, avec tant d'autres croyants, dans mes convictions les plus intimes. Ce qui est sacré pour les uns n'est-il pas respectable par tous ? Avec mes confrères du *Padreblog*, nous avions d'ailleurs publié, le lendemain de l'abominable massacre du 7 janvier, une tribune intitulée : « Nous pleurons ceux qui ne nous faisaient pas rire[2] ». Homme d'immense culture, Philippe Lançon détaille pourtant au fil des pages comment il puise des forces dans

1. Philippe LANÇON, *Le lambeau*, Gallimard, 2018.
2. À retrouver sur www.padreblog.fr.

la littérature et la musique, oscillant entre Bach, Proust et Kafka. Le récit de sa reconstruction est passionnant et révèle une énergie vitale assez admirable. J'y ai traqué avec avidité des traces et des indices de transcendance, épluchant chaque ligne. Sans grand succès d'ailleurs, malgré le compte rendu de deux rencontres fort polies qu'il a avec l'aumônier de l'hôpital[1]. Avec Jean-Sébastien Bach qu'il écoute presque en boucle, on est pourtant parvenu, j'en suis persuadé, aux portes du sublime! Et pourquoi pas jusqu'à Dieu, beauté suprême? Ce qui est certain, en revanche, c'est que sans la religion, et la religion chrétienne en particulier, le patrimoine artistique mondial serait d'une infinie pauvreté. La beauté est un écrin qui délivre un joyau, le moyen qui permet d'accéder à une autre dimension. Le pape Benoît XVI, lui-même musicien averti et grand admirateur de Bach, le disait un jour : « La beauté, de celle qui se manifeste dans l'univers et dans la nature à celle qui s'exprime à travers les créations artistiques, précisément en raison de sa capacité caractéristique d'ouvrir et d'élargir les horizons de la conscience humaine, de la renvoyer au-delà d'elle-même, de se pencher sur l'abîme de l'Infini, peut devenir une voie vers le Transcendant, vers le Mystère ultime, vers Dieu[2]. »

On ne peut pas lire dans les cœurs; dans celui de monsieur Lançon comme dans nul autre. Tout en restant heureusement convaincu que les œuvres de Bach lui ont permis de gravir son Golgotha, j'ai sursauté à son cri du cœur : « Aucun au-delà ne conclura l'épreuve que je

1. Philippe LANÇON, *op. cit.*, p. 272-274.
2. BENOÎT XVI, *Discours aux artistes* du 21 novembre 2009.

traverse[1]. » Et je n'ai pu m'empêcher de m'exclamer : « Sans Dieu, comme il a dû avoir mal ! » Puisse-t-il faire un jour la rencontre avec le Christ.

Peut-être que les « mécréants », comme ils se présentent souvent avec ironie, nous reprochent d'enchaîner les *Je vous salue Marie* pour gommer la composante émotionnelle de la douleur. On n'est pas loin du reproche de Karl Marx : « La religion est l'opium du peuple. » Une sorte de drogue pour endormir, un peu comme le Tramadol ou la morphine du médecin : deux produits que monsieur Lançon et moi connaissons bien. La foi est-elle un palliatif pour oublier qu'on a mal et qu'on souffre ? C'est profondément faux. D'abord, parce que les chrétiens sont les disciples d'un homme nu et torturé à mort sur une croix. Ils ne sont pas naïfs. Ils savent la dureté du monde et le poids du mal : leur emblème le proclame. Ensuite, parce que la prière est puissante. Bien sûr, elle ne supprime pas la douleur : j'ai moi-même passé des nuits entières en criant « Jésus, j'ai confiance en toi ! » Mais elle a son pouvoir. Son efficacité. Je l'ai senti, en plus de la force que m'envoyaient tous ceux et celles qui priaient pour moi. Et il y en a eu beaucoup ! Certains ont même fait célébrer une neuvaine de messes à Ars, auprès du saint curé, pour que ma santé s'améliore. Le pauvre chirurgien qui m'a opéré a dû sentir une grosse pression sur son bistouri… Ce pouvoir de la prière est indémontrable, il faut la foi pour le comprendre, mais pas pour le sentir. À la fin des temps, nous saurons ce que nous devons à la prière de chacun, à commencer par la prière des moines et des moniales qui – dans le secret du monastère –

1. Philippe LANÇON, *op. cit.*, p. 308.

prient jour et nuit pour ce monde. Ils sont comme les paratonnerres de nos sociétés. Comme preuve de ce que j'avance ici me vient cette exclamation du chirurgien lors d'une visite de contrôle : « À l'évidence, vous avez des ressources intérieures indéniables, que d'autres n'ont pas. Cela vous aide. » J'ai souri, car la « ressource indéniable » était justement dans ma main : l'humble chapelet en plastique que m'avait offert dom Jean-François...

Dieu est grand et le chirurgien est son prophète

Connaissez-vous la différence entre la « petite visite » et la « grande visite » ? Il n'y en a aucune. Dans les deux, le chirurgien est Dieu le Père, ou au moins son prophète direct. Ceux qui l'accompagnent, infirmières, aides-soignantes, interne, externe (c'est le scénario de la « grande visite ») sont priés de boire ses paroles. En entrant dans la chambre un à un, ils forment d'ailleurs avec lui une bien curieuse procession qui n'est pas sans rappeler celle de nos églises au début d'une grand-messe. L'ambiance est quasi religieuse, le silence sépulcral. Taisez-vous pauvres mortels, le chirurgien va parler ! Depuis son lit ou son fauteuil, le patient est prié de s'extasier des progrès réalisés. Car, il faut le savoir, le chirurgien est en règle générale assez fier de lui, voire un tantinet enthousiaste, « très heureux que l'opération se soit bien passée » ou « que les bons gestes aient été validés » et « que la plaie soit belle ». Pendant ce temps-là, vous continuez de dérouiller dans votre lit, piqué et intubé de partout. Mais lui, il est content. Vous avez vomi toute la nuit ? Vous avez mal partout ? « C'est normal », vous dit-il avec assurance, tout en défaisant – pour examen – le pansement tout neuf que l'infirmière vient de vous refaire à l'instant. La pauvre devra recommencer et vous lance déjà un regard de dépit.

Mieux encore, et sans aucun affect, le chirurgien sait vous préparer aux mauvaises nouvelles avec un lot de formules qui sont à la médecine ce que la langue de bois est à la politique. Ainsi, l'expression « Je souhaite vous dire que les jours qui viennent vont être un peu inconfortables » est à traduire bien plus prosaïquement comme « Vous allez en baver et on ne pourra pas faire grand-chose pour vous. » Je n'ai pas tout de suite compris la phrase résumant la période laborieuse de la convalescence : « Ce ne sera pas linéaire. » Elle a pris tout son sens le lendemain du jour béni de ma sortie d'hôpital, lorsqu'une nausée violente m'a rappelé que tout n'était pas fini, tant s'en faut. Quant à la question « Je vais m'en sortir docteur ? », il faut apprécier cette réponse digne d'un authentique jésuite : « Rien ne nous empêche de dire le contraire. » Bref, la prudence est de mise, en plus d'un souci constant de ne délivrer que des informations ou des explications à la fois possibles, nécessaires et surtout incontestables.

Derrière tout cela se cachent un immense professionnalisme et un véritable effort de pédagogie pour détailler ce qui se passe ou va se passer. Parfois au moyen d'un croquis, le chirurgien peut vous expliquer en quelques minutes ce qu'il a mis, lui, quinze années à apprendre et à assimiler. Cela force le respect et lui donne ce côté démiurge qui n'est certainement pas pour lui déplaire. Nous, les patients, regardons nos chirurgiens comme des sauveurs, des demi-dieux « qui savent » alors que nous, pauvres humains, nous ne savons rien. Mais gare à la tentation de toute-puissance car, finalement, tout en nous soignant, les médecins ne sauvent pas des vies : ils les prolongent. Nous sommes tous des condamnés à mort ; la médecine ne fait que retarder l'échéance.

L'épreuve de la nuit

Interrogez un patient sur les différentes épreuves de l'hospitalisation : il parlera certainement des journées ou des heures passées en réanimation. « La réa » est un service éprouvant où l'on reste sous surveillance permanente. Placé dans un box, on y entend les gémissements et les pleurs des voisins, les discussions des soignants, le bip incessant des machines. Je ne sais comment est l'intérieur d'un sous-marin, mais je l'imagine plongé dans une ambiance fort semblable, faite d'alarmes continuelles, d'allées et venues de l'équipage dans un bruit de fond incessant. À ceci près qu'en « réa », on a en plus la très désagréable impression d'un interminable naufrage : l'objectif est donc de se débattre avec ses compagnons d'infortune pour rester péniblement à la surface… *Rari nantes in gurgite vasto*[1].

Mais, là ou ailleurs, l'épreuve suprême de l'hospitalisation reste la nuit. Ce moment particulier de solitude et de souffrance, où les secondes paraissent comme des heures et les heures comme des siècles. Le tourbillon des visites est passé, les prochains soins sont dans fort longtemps, les couloirs se vident. L'équipe de nuit a pris ses consignes et est venue vous saluer ; elle a vérifié ce que d'aucuns appellent « la plomberie », c'est-à-dire les poches et la tuyauterie. Les

1. VIRGILE, « De rares naufragés nageant sur le vaste abîme », *L'Énéïde*, I, 128.

chariots des infirmières s'éloignent et commence une navigation toute particulière. Une navigation de nuit.

Il faut avoir goûté ce moment particulier en régate à la voile pour bien comprendre de quoi il s'agit. La « nav de nuit » est un temps unique, d'abord conseillé aux navigateurs avertis. Tout plaisancier devrait la connaître au moins une fois dans sa vie. Le plus souvent, on la vit à deux, selon un système de quart. L'un tient la barre, l'autre discute, aide aux manœuvres de changement de bord et apporte surtout les mugs de café. Mais tous admirent le spectacle. J'ai vu des couples d'amoureux se former à cette occasion ! Il faut dire que le moment est à la fois singulier et féérique : seuls sur l'immensité liquide, à admirer la mer et les étoiles, à discuter de tout et de rien… difficile de résister à la magie du moment ! On y prie également avec une ferveur renouvelée.

Chacune des nuits à l'hôpital fut pour moi une sorte de « nav de nuit » vécue avec le Seigneur, le soir du Jeudi saint. Qu'on me comprenne : je n'ai pas mieux dormi pour autant. Quand ça ne veut pas, ça ne veut pas ! À Gênes, mon voisin de lit avait en plus des besoins pressants qui le faisaient se lever régulièrement, quasiment toutes les deux heures. Cher Gaetano : comme j'ai béni vos allées et venues aux toilettes, qui créaient une sorte d'événement dans la chambre ! En revanche, pourquoi persistiez-vous à fermer la salle de bains à clé ? Immobilisé sur mon lit, incapable du moindre mouvement, qu'aviez-vous à craindre de ma part ? Que j'entre subitement et vous surprenne ? Votre *look* de tueur et vos tatouages sur les bras m'en dissuadaient et m'ont même fait penser – l'imagination est fertile – que vous faisiez l'objet d'une *vendetta* d'obscurs mafieux siciliens. D'un moment à l'autre, ils allaient faire irruption dans notre chambre et nous étrangler avec nos sondes. Heureusement que j'ai pu voir votre tête d'ange lorsque l'abbé Grosjean a célébré la messe au pied de nos lits : j'ai aussitôt été rassuré !

Comme en bateau, une « nav de nuit » d'hôpital se prépare. Il faut prévoir ce dont on aura besoin et la vérification est source d'inquiétude. Oublier quelque chose, c'est s'exposer à un inconfort durable qui va pourrir la nuit. La sonnette est-elle bien à quelques centimètres ? Quasiment accessible d'un doigt ? Les linges mouillés pour le front, la bouteille d'eau, les somnifères sont-ils prêts ? La couverture tirée ? Les bas de contention retirés ? Même aujourd'hui, je peine à reconstituer l'intégralité de cette *check-list* à laquelle mon frère Luc, puis mes infirmières successives, se sont prêtés de bonne grâce.

Vient le moment fatidique : larguer les amarres, c'est-à-dire éteindre la lumière, plonger dans le noir et s'abandonner. Comme en mer, tout commence par l'accoutumance à l'obscurité. Les objets et les choses prennent une forme différente. Un reflet dans le carreau ou un rideau mal tiré et c'est tout de suite une sorte de figure grimaçante qui apparaît. On espère trouver le sommeil très vite. Mais il ne vient pas. Alité toute la journée, le corps ne comprend plus rien. Pourquoi dormir alors qu'on a plus ou moins somnolé dans la journée ? La « nav de nuit » commence, privée de ce qui – en mer – la rend absolument magique : la contemplation du ciel étoilé. Seule subsiste la croix devant le lit. *Stat crux dum volvitur orbis*[1].

Les micro-sommeils s'additionnent, les petits cauchemars également. Regarder sa montre après cela est un supplice. On a l'impression de s'être endormi pendant des heures alors qu'on a péniblement avancé de quelques minutes. L'insomnie est une épreuve insupportable. On cherche mille positions plus confortables que la précédente, mais impossibles à trouver tellement le choix est réduit. Car que faire de la perfusion ou de la sonde nasale ? À côté, Gaetano ronfle… et une immense pensée de jalousie remplit mon cœur. Le seul moyen de faire passer le temps est de s'évader. De se réciter des poèmes… ou de prier. Mystérieuse expérience où, seul avec le Seul, la « nav de nuit » devient un merveilleux compagnonnage, un chemin de croix à deux, en compagnie de celui qui souffre avec nous.

« La nuit est longue », soufflais-je un soir à l'infirmière qui venait vérifier la plomberie. « À qui le dites-vous », m'a-t-elle aussitôt répondu. J'ai compris que, pour elle aussi, la « nav de nuit » était laborieuse. Les premières lueurs du jour sonnent comme une libération. La lumière, c'est la vie…

1. « La croix demeure tandis que le monde tourne » ; devise de l'ordre des chartreux.

Évacuation sanitaire

C'est un soir d'août que j'assiste à une scène digne d'un film d'espionnage. « Bonsoir monsieur Amar, je suis Patrick, votre escorteur. » Il est 23 h 30 et un inconnu vient d'entrer dans ma chambre. Blouson de cuir, pantalon de trekkeur, grand, plutôt musclé, cheveux courts : j'ai l'impression d'être dans un épisode de la série à succès *Le bureau des légendes*. Patrick m'explique qu'il est mandaté par une société d'assistance pour me ramener demain en France. Hospitalisé depuis une semaine à Gênes, je réclame en effet tous les jours d'être rapatrié dans l'Hexagone. Le médecin italien renâcle. Je sens qu'il est possessif et veut finir le job. Mon entourage insiste. On exige que je signe une décharge confirmant que c'est ma décision, à mes risques et périls. Ambiance…

J'avoue : je n'en peux plus de cet exil forcé, douloureux, qui me remet quotidiennement face à mon impuissance et aux limites de mon humanité. Ce qui était diagnostiqué comme une péritonite aiguë se complique. On évoque une seconde opération. Je comprends à peine les explications du chirurgien. Sans chauvinisme aucun, j'ai la conviction que le système de soins sera bien meilleur en France et j'ai aussi, pourquoi ne pas l'avouer, le mal du pays. Depuis plusieurs jours, mon ami Christophe – un ancien médecin urgentiste – se démène pour me trouver une place dans un hôpital parisien. En y repensant, je crois avoir vécu l'arrivée tardive de l'escorteur, à une heure où on ne reçoit plus de visites, dans l'état d'esprit d'un détenu qui apprend sa sortie définitive de Fresnes ou de Fleury-Mérogis. Je me fais expliquer « la manip », digne d'une véritable opération militaire.

Le lendemain matin, deux brancardiers italiens se présentent aux aurores. La journée va être sportive. Il faut me transférer tel quel, c'est-à-dire avec mon drain, ma perfusion et ma sonde urinaire. Le passage du lit au brancard se fait très bien ; j'ai affaire à des professionnels. Mais l'abdomen va hurler durant tout le trajet. Le macadam de Gênes n'est pas de la toute première jeunesse et les ambulanciers conduisent à l'italienne. L'autoradio est quasiment à fond ; je me souviens encore de la musique, tellement incongrue en un tel moment : « *Ti amo* » d'Umberto Tozzi. Je lance un regard amusé à Patrick, cela le rassure. Pas certain qu'il ait compris que c'est la musique qui me fait sourire, occupé qu'il est à surveiller en même temps mes constantes, sa montre et son téléphone.

Nous arrivons très en avance à l'aéroport et il faut bien attendre quelque part. Mon brancard est poussé jusqu'au *lounge* d'Air France, sorte de salon pour VIP. La scène est cocasse : j'y entre allongé, avec ma sonde urinaire et mon drain, au milieu d'hommes d'affaires en costume cravate, sirotant un café et se goinfrant de viennoiseries. On m'installe dans un fauteuil roulant et je suis ensuite poussé jusqu'à l'avion, par des couloirs vides. Patrick l'escorteur est aux petits soins et prend sans cesse mes constantes. Sur son dos, une énorme valise carrée attire mon attention. Qu'y a-t-il dedans ? « Tout ce qu'il faut pour vous endormir ou vous réveiller », me répond-il en souriant. J'apprendrai au cours du voyage qu'il est infirmier anesthésiste.

Le vol est court, l'équipage particulièrement attentionné. À Paris, une ambulance m'attend et je suis conduit à l'hôpital Percy de Clamart, notre destination ultime. Je suis en France ! Percy est un hôpital militaire et dès le portail, un grand drapeau français m'accueille. Je pousse un immense soupir de soulagement. Dans le hall d'accueil, on arrête mon cortège : hors de question d'aller plus loin sans avoir montré ma carte Vitale. Véridique ! Pas de doutes, nous sommes bien en France... En Italie, on ne m'a jamais rien demandé, juste mon nom et mon âge. C'est même plusieurs jours après mon départ de Sampierdarena que j'ai reçu un message me réclamant d'envoyer ma carte européenne d'assuré. Autre pays, autres mœurs. Si cette histoire avait eu lieu aux États-Unis (j'y étais vingt jours avant) j'imagine que c'est plutôt ma carte bleue qu'on aurait demandée ?

Patrick l'escorteur est toujours là. On me monte dans le service de chirurgie viscérale. Je ne le sais pas, mais je vais y passer de nombreuses semaines entouré par une équipe incroyable. Là, grand confort, une chambre avec un seul lit m'attend ! Joie ! Elle a vue sur l'héliport, qui sera mon attraction quotidienne. Une fois dans mon lit, Patrick dépose mon sac dans l'armoire, vérifie la chambre d'un regard et me dit calmement : « Mission accomplie, monsieur Amar », avant de s'en aller discrètement. Il ne manque qu'un peu de musique pour imaginer le final réussi d'un film d'action.

Tout est fini… Et tout recommence.

Vous faites quoi dans la vie ?

Ce n'est un secret pour personne : en France, les prêtres sont de moins en moins nombreux. Mais il y a un bon côté à cette douloureuse crise des vocations. C'est que tout ce qui est rare suscite l'attention. Très vite, on a su que j'étais prêtre. Cela, je pense, ne m'a donné aucun droit supplémentaire, peut-être même un peu plus de devoirs. Il faut croire cependant que le personnel de santé ne consulte pas systématiquement les fiches d'identité de chaque nouveau patient car, à Percy, j'ai eu droit à des moments comiques.

« Et sinon, vous faites quoi dans la vie ? » Nous sommes en pleine séance de toilette. Étendu, nu, sur mon lit, je suis obligé de laisser l'aide-soignante faire passer le gant entre les drains et les membres avec dextérité, attention et beaucoup de respect. La question survient, le plus naturellement du monde, peut-être pour relativiser : « Et sinon, vous faites quoi dans la vie ? » Je réponds tout aussi directement : « Moi ? Je suis prêtre. » Le gant s'arrête, un quart de seconde. Nous sourions tous les deux. Je pense que la scène a dû faire le tour du service.

Une autre fois, c'est une infirmière qui vient me voir, après le service, « pour un renseignement », me dit-elle. Elle entre dans ma chambre avec un air de conspiratrice.

« Mon père, je voudrais me marier.

– Là, tout de suite ? dis-je, un peu surpris.

– Non, mais comme vous êtes prêtre, je me dis que vous pourriez me renseigner. »

J'apprends qu'elle vit avec un policier et que les horaires de chacun ont du mal à s'harmoniser avec ceux des réunions de préparation au mariage proposées par sa paroisse. Je lui donne quelques pistes, et nous voilà partis à parler amour, mariage, vie commune, fidélité, indissolubilité, dans cette chambre d'hôpital un peu glauque. Le temps d'une conversation, le rapport est complètement inversé : c'est moi le « sachant ». Nous nous quittons comme des amis.

Le plus souvent, on m'appelle « monsieur Amar ». Je ne revendique bien sûr aucun privilège et, après tout, à l'hôpital, on s'adresse aux patients par leur nom. J'espère juste que ce n'est pas au nom d'une laïcité frileuse et mal comprise que certains soignants en sont restés à cette appellation. J'ai en effet eu droit à de nombreux « père Amar », et même des « monsieur l'abbé » de la part de certains, pas tous chrétiens d'ailleurs. Les mots ont un sens. N'en déplaise à ceux qui pensent que la reconnaissance des titres est désuète, je pense au contraire qu'elle est une authentique forme de respect et de politesse : j'ai moi-même veillé à systématiquement m'adresser au médecin en l'appelant « docteur ». Après tout, sans le réclamer, les avocats ou les notaires se font encore appeler « maître ». Il me semble que les titres ont encore une pertinence, même au XXIe siècle. Ils disent quelque chose de la relation que nous voulons entretenir avec la personne ainsi désignée et reconnaissent une compétence ainsi qu'une expertise.

La scène la plus amusante survient une après-midi. Ce jour-là, deux prêtres sont assis autour de mon lit : l'aumônier catholique de l'hôpital, figure particulièrement attachante sur laquelle je reviendrai, mais aussi l'abbé Guillaume, un ami prêtre du *Padreblog* venu me visiter. L'ambiance est fraternelle. On frappe à la porte. Un homme barbu, en uniforme d'aumônier militaire israélite, kippa sur la tête, feuille dans la main, entre dans la chambre. Sourire amusé et respectueux des deux prêtres qui devinent comme moi à qui ils ont affaire. Le rabbin prend la parole : « Bonjour, monsieur Amar, j'ai pensé qu'avec votre nom… peut-être… ! » J'admire silencieusement son sens de l'opportunité pastorale. Mais l'aumônier militaire catholique éclate aussitôt de rire et lance très fort : « Ah non, désolé cher David, celui-là, c'est un paroissien de chez moi ! » Je précise alors à monsieur le rabbin, tout en souriant de bon cœur, qu'il a affaire à trois prêtres, même si mon pyjama de patient ne le laisse pas deviner. Tout le monde rit, l'ambiance est bon enfant et le fameux David file rapidement, tenant dans la main sa liste des arrivées de la semaine. Peut-être va-t-il retrouver un Cohen ou un Lévy, d'autres « paroissiens » potentiels ? Gare aux surprises !

Le plus souvent, c'est au cours de discussions imprévues, pendant des soins ou des examens, qu'il me faut évoquer la beauté du célibat des prêtres ou de la foi chrétienne. Mystérieuse fécondité immobile qui m'a permis de mettre en pratique cette exhortation de mon saint patron : « Soyez toujours prêts à rendre compte de l'espérance qui est en vous[1]. » Les lieux les plus imprévus, cabine de l'ascenseur, salle d'attente du scanner, ambulance... sont les plus désopilants. Dieu est partout ! Je me souviens d'une discussion sans fin avec des brancardiers, lors d'un transfert à l'hôpital Bégin pour y subir une deuxième intervention. Ceux-ci jouaient à deviner mon métier. J'ai pratiquement tenu tout le trajet...

Mais il faut surtout rendre hommage aux soignants pour leur délicatesse, car ils n'ont cessé de tout mettre en œuvre afin de me laisser vivre au mieux cette foi chrétienne qui illumine ma vie depuis quarante-cinq ans. En « réa », le portrait de Jean-Paul II (pape grand amateur des hôpitaux !) avait pu trouver sa place entre les nombreux appareils. Une semaine plus tard, un ami prêtre vient célébrer la messe dans ma chambre. En aube et chasuble, à côté du lit, il se recueille en silence avec moi. Survient l'infirmière. En voyant l'abbé, sans que mon confrère ait eu le temps de dire quelque chose, elle s'exclame : « Je reviens ! » Et elle disparaît respectueusement. Chaque dimanche encore, la messe télévisée tombait pendant les soins. Chaque dimanche, les infirmières ont bouleversé l'ordre de leur circuit pour me permettre de m'y associer paisiblement. L'une d'entre elles, non chrétienne, poussait même l'attention jusqu'à mettre un papier « Ne pas déranger » sur la porte afin que je sois tranquille.

Avec du recul, en ces temps de laïcité agressive, je me dis que l'hôpital est un bon laboratoire. Dans ce lieu où l'espérance est mise à rude épreuve, on y perçoit les religions comme une autre forme de soins possibles. On y affirme

1. 1P 3,16.

ainsi que l'homme ne se réduit pas à son simple corps, mais qu'il a aussi une âme, en tout cas une capacité spirituelle à honorer, à faire grandir, à déployer. Il m'est souvent arrivé de visiter des hôpitaux. À l'HIA[1] Percy de Clamart, cependant, le climat interreligieux est particulièrement apaisé. Cela ne m'étonne pas, finalement, de la part de l'institution militaire. Monseigneur Luc Ravel, ancien évêque aux armées, avait même un jour parlé de « lieu prophétique » en ce domaine[2]. Parce qu'être militaire est beaucoup plus un état qu'un métier, les armées bénéficient en effet de la présence d'aumôniers des quatre grands cultes[3]. Militaires parmi les militaires, soldats sans armes, au service de tous en dehors de tout lien hiérarchique, ils sont payés par l'État et tout le monde trouve cela normal. Les plus nombreux sont les aumôniers catholiques, héritiers des héroïques aumôniers des tranchées de 1914-1918. Cent ans après, l'aumônerie militaire est un bon modèle, en tout cas la preuve que la laïcité peut être ouverte et intelligente. Lorsqu'on écoute certains « laïcards », on a parfois l'impression que la laïcité est une contre-religion. Elle devrait pourtant être un simple cadre d'expression des convictions de chacun et permettre une liberté de conscience absolue « pour celui qui croit au ciel et celui qui n'y croit pas », comme le dit si joliment Louis Aragon.

---

1. Hôpitaux d'instruction des armées, au nombre de deux en région parisienne : Bégin et Percy.
2. Cf. Mgr Luc Ravel, *En terre de laïcité. Réflexion sur les rapports entre les religions au sein d'un État de droit,* à consulter sur ec.cef.fr/wp-content/uploads/sites/2/2014/05/terre_laicite.pdf.
3. Catholique, protestant, juif et musulman.

Nudité

Puisque le sujet a été brièvement évoqué plus haut, autant l'aborder pour de bon. Les premiers jours de l'hospitalisation obligent en effet à vivre une singulière expérience : celle de la nudité. On la vit d'abord assez modestement en revêtant la fameuse chemise d'hôpital, vite enlevée, vite remise, bien pratique pour passer le pistolet ou le bassin... Qui n'a pas croisé dans les couloirs de nos hôpitaux ces patients fesses à l'air, cheminant le plus naturellement du monde ? On vit ensuite cette nudité de façon plus appuyée lors de la toilette quotidienne, mais également pendant certains soins.

Autant le dire : on ne s'y habitue jamais complètement. La pudeur n'est pas qu'une notion subjective ou une réserve culturelle. Elle est d'abord et avant tout ce qui reste au patient pour ne pas sombrer dans la fonctionnalité. Mon corps n'est pas une simple machine qu'on répare dans un garage spécialisé appelé hôpital. Il n'est pas, il ne peut pas être qu'un simple objet de soins. Il est d'abord et avant tout quelqu'un. Dans cet esprit, la pudeur est surtout un réflexe salutaire d'humanité. Une forme de contestation sereine pour rester quelqu'un et pas quelque chose, un sujet et non un objet. Mon corps n'est pas à moi ; c'est moi !

Les soignants, bien plus habitués que nous, semblent vivre ce moment avec un sentiment de banalité. Il leur faut en outre jeter des regards très directs sur certaines parties de notre corps : soigner, c'est très souvent toucher. Malgré cela, j'ai habituellement senti une main discrète tirer délicatement le drap afin de recouvrir mon bas-ventre ou bien fermer les boutons-pressions de la chemise d'hôpital. L'ultime délicatesse, inexistante en Italie, est enfin ce temps d'arrêt qu'on marque en frappant à la porte avant d'entrer. On pourrait se dire que c'est profondément inutile : de toute façon… les soignants vont entrer ! Il faut bien soigner. Pourtant, ce modeste signal me semble essentiel : il signifie symboliquement que le soignant a compris qu'il va franchir une frontière, celle de mon intimité. En frappant à la porte, il me demande mon accord. Et même si je vais dire « oui », j'ai ainsi l'occasion de lui manifester ma liberté et mon autonomie. Peut-être même une certaine dignité. Merci à vous tous, personnels hospitaliers, pour cela !

C'est une imposante aide-soignante martiniquaise qui m'a aidé à prendre ma première douche. Avec elle, on ne négociait pas grand-chose. Malgré le plaisir de la douche qui m'attendait, je me souviens d'une scène ambivalente : je souhaitais à la fois être propre et un peu seul pour y parvenir… tout en étant convaincu que je ne pouvais pas y arriver par mes propres moyens. Seulement, il fallait passer par la nudité. La présence un peu rude mais très attachante de l'aide-soignante, dont l'autorité ne se discutait pas, a contribué à dédramatiser la chose. À aucun moment, je ne me suis senti humilié. Bien au contraire, les gestes, le ton de la voix et même le regard étaient empreints d'un grand respect.

C'est bien après – honte à moi – que j'ai pensé au Christ, nu sur la croix. Lui, ce n'était pas pour des soins (car la toilette en est un), mais bien pour mourir qu'on lui a retiré ses vêtements. En plus des quolibets et des insultes dont, j'imagine, il a dû faire l'objet. Humiliation suprême…

Le Jour du Seigneur

Ne pas pouvoir célébrer la messe pendant deux mois : rude épreuve pour un prêtre, plus dure que je n'imaginais. Au moins, ce manque m'a confirmé dans ma vocation. Il est en effet conseillé à tous les prêtres de célébrer l'eucharistie quotidiennement, cœur de leur sacerdoce. Je me souviens de ma filleule qui me posait un jour cette question quelque peu légaliste : « Tu es obligé de dire la messe tous les jours ? » Non, aucune obligation, juste une recommandation de l'Église qui veut à tout prix empêcher que le cœur du prêtre ne se dessèche ! J'ai donc répondu sur le même registre : « Est-ce que ton papa est obligé de parler à ta maman tous les jours ? »

Peu de nos concitoyens le savent, mais la doyenne des émissions de télévision du monde est religieuse, française et proposée par le service public. C'est en décembre 1948 qu'une messe est en effet diffusée pour la première fois à la télévision grâce à l'audace et la persévérance d'un religieux dominicain atypique : le père Raymond Pichard. Soixante-dix ans après, l'émission « Le Jour du Seigneur » rassemble au moins 500 000 téléspectateurs chaque dimanche matin, parfois plus en raison d'un événement particulier. Ce programme doit certainement souffrir de la baisse de la pratique religieuse. Il s'adresse en outre à une population qui ne peut se déplacer et dont on imagine aisément la moyenne d'âge.

Immobilisé, j'ai eu recours plusieurs dimanches de suite à la « messe à la télé » pour la première fois de ma vie. L'expérience avait donc quelque chose d'initiatique. Il y manque beaucoup de choses : la quête d'abord (et ce n'est pas rien… réflexe de curé!). Plus sérieusement, on ne peut y recevoir la communion eucharistique, le Seigneur Jésus qui se donne humblement sous l'apparence du pain. On n'y vit pas non plus la chaleur de la ferveur communautaire. C'est un peu comme regarder un match de football seul devant sa télé ou bien installé en tribune au Stade de France. Ça n'a rien à voir! Avec qui faire un geste de paix? Qui donc saluer sur le parvis? L'Église est d'abord une famille. Les homélies du « Jour du Seigneur » sont de qualité et la présentation extrêmement professionnelle. Des confrères prêtres qui ont reçu chez eux les camions de *France 2* m'ont confirmé qu'il y avait une répétition avec le célébrant et l'assemblée, la veille de l'émission. Bref, quand on n'a « que ça », la messe télévisée est un merveilleux moment, un immense secours et un puissant palliatif. Un dimanche matin, une infirmière ne m'a d'ailleurs pas caché que beaucoup de patients regardaient le même programme que moi « et que de la part de certains cela l'étonnait ». Les chrétiens anonymes sont peut-être plus nombreux qu'on ne pense?

Chers amis du « Jour du Seigneur », je sais que votre émission est en partie financée par des donateurs. Qu'ils soient remerciés du fond du cœur pour cette émission qui rejoint chaque semaine tous ceux qui ne peuvent se déplacer ! Vous réalisez ainsi une évidente et véritable mission de service public. Puis-je vous suggérer une idée ? Celle de donner un jour une place ponctuelle aux autres formes de rites catholiques. En 2010, vous aviez présenté la liturgie grégorienne avec une messe à l'abbaye de Solesmes. Dans les décennies qui viennent, on pourrait ainsi présenter, déployé sur l'année, comme un kaléidoscope de diverses liturgies catholiques : messe dans des communautés nouvelles, messe en forme extraordinaire, divine liturgie de saint Jean Chrysostome, rite copte, syriaque ou maronite… Aujourd'hui, et tout particulièrement chez les jeunes catholiques qui voyagent bien plus tôt que leurs parents, la pluralité liturgique est vécue avec pragmatisme, comme une sorte de nouveau menu sur la carte du restaurant. En tout cas bien plus comme une richesse qu'un problème. On donnerait ainsi au « Jour du Seigneur » un caractère encore plus universel et donc encore plus catholique. Cela nous permettrait aussi de voyager avec vous !

Bien sûr, je connaissais depuis longtemps une autre chaîne de télévision catholique, KTO TV, qui n'est hélas pas proposée sur la TNT gratuite. Pour cette raison, je n'ai pu la visionner qu'une fois sorti de l'hôpital, durant ma (trop) longue période de convalescence. Internet permet cependant d'y avoir accès facilement. L'équipe de professionnels qui l'anime est particulièrement valeureuse et toujours à l'affût de nouveautés. Plusieurs prêtres du *Padreblog* collaborent d'ailleurs avec elle à travers une émission toute simple intitulée « Pourquoi *Padre*[1] ? »

1. À voir sur ktotv.com.

En tout cas, sans KTO TV, beaucoup d'événements de la vie de l'Église, en France ou bien dans le monde, n'auraient aucune couverture médiatique, ce qui serait fort dommage.

Vous vous croyez à l'hôtel ?

Qu'il est doux de ne rien faire quand tout s'agite autour de nous ! Allongé dans son lit, maître d'un personnel qu'il peut sonner à toute heure du jour et de la nuit, voué à regarder la télévision toute la journée, la situation du patient peut paraître fort enviable. Après tout, il n'a rien *à* faire sinon à *se* laisser faire. De quoi peut-il donc se plaindre ? On lui porte même ses repas au lit !

Ce regard réducteur, pour ne pas dire simpliste, omet de dire qu'en entrant à l'hôpital, on entre dans une démarche intérieure de grande humilité. En un instant, on peut même ressembler à une personne handicapée pour qui tout devient un problème. À l'hôpital de Gênes, relever le lit se faisait au moyen de manivelles impossibles à atteindre et encore moins à manœuvrer. Bloqué au lit, comment charger son téléphone, fermer la porte, la fenêtre ou le volet, régler la climatisation, boire un verre d'eau… ? Pour ce genre de demandes, faut-il vraiment déranger une infirmière qui veille déjà sur plein d'autres patients et qui n'est pas payée pour ça ? Comment discerner entre ce qui est nécessaire et ce qui est confortable ? Quelle est la justesse du recours à la sonnette ? Sonner trop souvent, et pour des raisons futiles (mais selon quels critères ?), n'est-ce pas risquer de ne plus voir les soignants arriver aussi immédiatement ? Peut-être même de ne plus les voir venir du tout ? Voilà une version hospitalière de la célèbre fable d'Ésope, « Le berger mauvais plaisant », plus connue sous un autre nom : « Le garçon qui criait au loup ».

À l'hôpital, on peut ainsi passer plusieurs jours en renonçant à des demandes basiques. On s'installe même dans une attitude coupable : celle de déranger. Déranger sa famille, son entourage, ses amis, le personnel. Déranger la terre entière ! C'est une attitude durable qui fait partie de l'hospitalisation longue durée. Il faut qu'un déclic survienne pour que celui qui se sent ainsi fautif accepte simplement la réalité : il est malade. Point. Ce n'est pas sa faute. Pour moi, cela se passe une nuit, à l'hôpital Bégin, à quatre heures du matin. Depuis deux heures, je me tords de douleur dans mon lit car la douleur postopératoire n'a pas été bien prise en compte. Comme d'habitude, je me dis que ça va passer. Et bien sûr, ça ne passe pas. Je laisse bêtement la douleur s'installer… et croître. À quatre heures, anéanti et en sueur, je consens à sonner Karim, l'aide-soignant de nuit. Le dialogue est rude, le ton de Karim est sec et cassant :

« Depuis combien de temps vous avez mal ?

– Depuis deux heures…

– Pourquoi vous n'avez pas sonné ?

– Heu… je ne voulais pas vous déranger.

– Vous vous croyez à l'hôtel ? »

La question me fait sursauter. Karim continue, plus violemment encore :

« C'est ridicule. Vous avez besoin de moi, vous m'appelez, c'est tout. Là, je vais devoir vous donner un traitement bien plus fort que celui que je vous aurais donné il y a deux heures.

C'est complètement idiot. Qu'est-ce que vous croyez ? Que je suis votre domestique ?

– Je suis désolé…

– Désolé de quoi ? Arrêtez de dire ça ! Vous n'avez pas fait exprès d'être malade. Je ne suis pas là pour regarder des films pendant que vous essayez de dormir. Je suis là pour vous… »

Je ne sais plus quoi dire car je sens que Karim a raison. Sur le fond et sur la forme. Il repart chercher un médicament tandis que je reste stupéfié dans mon lit. Je m'attendais à tout sauf à sa réaction. En fait, Karim aurait pu être gentil. Il a préféré être vrai. Immense service qui va me faire réagir. À partir de cette nuit mémorable, je vais arrêter de m'excuser. Je ne suis pas à l'hôtel, je suis à l'hôpital. Être malade, c'est aussi faire le malade.

Le coup de grâce est délivré par le docteur H., mon chirurgien. J'aime dire « mon » chirurgien. Dans la situation d'effondrement personnel que je subis, l'adjectif possessif me donne l'impression de maîtriser un peu les choses. Il crée comme un semblant de symétrie, un contrepoids avec cet homme qui a tout de même ma vie entre ses mains. Redoutable pouvoir qui permet cette plaisanterie qui circule, paraît-il, dans les couloirs des hôpitaux : connaissez-vous la différence entre Dieu et un chirurgien ? C'est que Dieu ne se prend pas pour un chirurgien…

Un soir, seul dans ma chambre, le docteur H. m'explique l'opération qui va bientôt avoir lieu, ses risques, l'importance des ablations prévues et les conséquences pour la suite. J'acquiesce, opine, demande des précisions comme il se doit. Comme d'habitude, je n'écoute pas tout. Un malade trie les informations qu'il reçoit. C'est un mécanisme de défense assez sommaire, mais très efficace. Par contre, je m'entends lui dire :

« Docteur, dans le processus de guérison, la part qui revient au patient n'est pas négligeable. Est-ce que je vous donne l'impression d'être un malade qui collabore et qui lutte ? »

La réponse fuse aussitôt : « Père Amar, ne jouez pas un rôle. »

Je suis surpris, car c'est la première fois qu'il m'appelle « père Amar », comme s'il voulait atténuer le reproche qui suit.

« Un rôle ?

– Oui, ajoute le chirurgien, donnez-vous le droit d'être un patient comme les autres. Tout le monde sait que vous êtes prêtre, mais donnez-vous le droit d'avoir mal, de pleurer, de vous plaindre, d'appeler au secours. Donnez-vous le droit d'en avoir marre ! »

Je repense aux propos de Karim. Et je me dis que Dieu est bon, car j'ai reçu en quelques jours une leçon d'humilité et de vérité.

Prière

Je m'adresse à vous, mon Dieu
car vous donnez
ce qu'on ne peut obtenir que de soi.
Donnez-moi, mon Dieu, ce qui vous reste,
donnez-moi ce qu'on ne vous demande jamais.
Je ne vous demande pas le repos
ni la tranquillité,
ni celle de l'âme, ni celle du corps.
Je ne vous demande pas la richesse,
ni le succès, ni même la santé.
Tout ça, mon Dieu, on vous le demande tellement,
que vous ne devez plus en avoir !
Donnez-moi, mon Dieu, ce qui vous reste,
donnez-moi, ce que l'on vous refuse.
Je veux l'insécurité et l'inquiétude
je veux la tourmente et la bagarre,
et que vous me les donniez, mon Dicu,
définitivement.
Que je sois sûr de les avoir toujours
car je n'aurai pas toujours le courage
de vous les demander.
Donnez-moi, mon Dieu, ce qui vous reste,
donnez-moi ce dont les autres ne veulent pas,
mais donnez-moi aussi le courage,
et la force et la foi.
Car vous êtes seul à donner
ce qu'on ne peut obtenir que de soi.

André Zirnheld (1913-1942)

II
Eux

On ne souffre pas seul.
On souffre toujours avec ceux qui souffrent
à cause de votre souffrance.

Elie Wiesel

Le ballet des blouses et le défilé des plafonds

Il y a deux choses à voir dans un hôpital : des blouses et des plafonds. Les premières se rencontrent, les deuxièmes se contemplent. Mais les deux sont en blanc.

Le défilé des plafonds est assez banal. Parce qu'on passe une grande partie de son séjour hospitalier allongé sur un lit ou un brancard, la seule chose à contempler durablement est la froideur des détecteurs de fumées et le dallage des plafonds. C'est encore allongé qu'on effectue les premières visites des lieux, pour être conduit au scanner ou au bloc par exemple. Curieuses visites horizontales qui sont appelées à se répéter au gré des divers examens ou des opérations ! Le cerveau humain est bien fait : à force d'être ainsi transporté, je me repère peu à peu, anticipe un virage, un ascenseur ou une porte. À tel point que, de retour à l'hôpital un mois après ma sortie, je désire saluer l'équipe de « réa ». Mais je ne reconnais rien des lieux : normal, je les ai toujours vus à l'horizontale ! Dès qu'il est possible de passer à la verticale, en marchant péniblement dans le couloir du service, la diversité des murs et leur décoration sont un festival pour les yeux. J'ai l'impression de passer de la télévision noir et blanc à la couleur. Ne pourrait-on pas envisager un jour une décoration des plafonds des hôpitaux ? Je suis certain que des décorateurs et des décoratrices, inspirés et pleins d'humour, pourraient envisager quelque chose de chaleureux et rempli de vie, dans l'esprit de ce qui se fait déjà dans les services de pédiatrie pour les enfants malades.

Quant aux blouses, elles tourbillonnent jour et nuit selon un rythme et des codes très précis. Ce ballet est une véritable chorégraphie, une sorte de spectacle en continu, à la fois toujours nouveau et toujours semblable.

Semblable parce que – comme partout – l'uniforme crée le sentiment d'appartenance, lisse les individualités et gomme les particularismes. À tel point que croiser son infirmière ou son chirurgien sans sa blouse est d'abord une surprise. Ce fut mon cas, une après-midi, à la cafétéria de l'hôpital. Je réalisais d'un coup que nos soignants avaient une vie en dehors de la mienne. Ciel ! Mais comment peuvent-ils un instant m'oublier ? En contemplant mon chirurgien prendre son café le plus innocemment du monde et en habits « ordinaires », j'avais comme l'impression de surprendre mon évêque en train de siroter une bière. Curieux et sympathique sentiment de petite désacralisation, scène en tout cas inédite qui contribue à rendre l'extraordinaire un peu plus ordinaire.

Mais la blouse n'est qu'un emballage corporel : c'est évidemment l'intérieur qui compte. Et s'il y a une uniformité vestimentaire, la diversité des visages demeure, en plus des tempéraments, des gestes, des attentions ou des modes de présence. Je me suis d'abord amusé à contempler ce qui rendait unique la rencontre avec chaque infirmière :

tatouages, médailles, gourmettes, bracelets… Tout ce qui donne matière à une conversation qui éloigne au plus vite du monde des soins est vécu comme une escapade en dehors de l'hôpital. Mais la différence la plus significative reste bien sûr la manière d'effectuer le soin. Le corps retient vite que X a un don pour réussir sa prise de sang du premier coup, tandis que Y s'y prend à deux fois, parfois trois. Au passage, après vous avoir posé son garrot, elle n'a pas manqué de vous faire le compliment typique de l'infirmière et qu'on n'entend qu'à l'hôpital : « Vous avez une belle veine ! » On repère vite le soignant qui sait piquer sans faire mal de celui qui jette ses ciseaux sur votre abdomen, et donc la cicatrice toute fraîche. On se souvient que Z a sa manière à elle de vous redresser dans le lit, de vous prendre la main, de fermer la porte et même de vous tendre le pistolet !

On a beaucoup dit et écrit au sujet des infirmières et des aides-soignantes. Dans ce métier où les conditions de travail sont si rudes, les responsabilités et la charge de travail semblent devenir toujours plus lourdes. Les infirmières sont des femmes (le plus souvent) à qui on demande de travailler plus, pour soigner plus, en étant moins. Elles sont là quand il n'y a plus personne, quand la nuit est trop longue, quand on est trop vieux, trop seul, trop malade. Ceux et celles qui exercent cette profession entrent dans une catégorie de personnes un peu à part : les personnes qui travaillent pour autre chose que l'argent. Cela ne justifie aucunement que les rémunérations des soignants ne soient pas justes. Je comprends même leurs revendications. Mais je relève surtout qu'on a l'habitude de parler de « vocation » d'infirmière, comme pour souligner que cette profession est un véritable engagement au service des autres. Le terme rejoint la vocation des consacrés, l'engagement des prêtres ou des religieuses qui, eux, c'est certain, ne le font pas du tout pour l'argent. Avec mon bac + 13, je suis payé juste en dessous du SMIC et je ne m'en plains pas ! Mais d'autres professions sont aussi des vocations. Comment comprendre l'engagement d'un soldat, d'un pompier, d'un policier ou d'un gendarme, prêt à tout – y compris à sacrifier sa vie – pour un salaire à peine plus élevé que le mien ? Ne faut-il pas également admirer l'engagement d'une assistante sociale en banlieue difficile, celui d'un animateur en ESAT[1] ou d'un éducateur en lieu de vie pour mineurs à « réinsérer » ? J'ai pu voir chacun de ces trois lieux. Il n'y a là bien sûr que des exemples parmi d'autres ; mais ils permettent d'affirmer avec force que donner sa vie est la plus belle et la plus nécessaire des choses. D'autres l'ont dit bien mieux que moi[2].

S'il faut remercier les infirmières et les aides-soignantes, c'est d'abord et avant tout pour ce don-là. Leur métier est une vocation. Elles ne font pas que donner *du* temps ou *des* compétences ; elles *se* donnent pour leurs patients. J'en ai eu la preuve de nombreuses fois. Comme cette infirmière qui donne son numéro de portable personnel à mes parents inquiets et, à la question de papa lui demandant tout ému : « Quand puis-je vous appeler ? », répond

1. Établissement et service d'aide par le travail, centre destiné aux personnes handicapées.
2. Pierre-Hervé GROSJEAN, *Donner sa vie*, Artège, 2018.

simplement : « Quand vous avez besoin. » Je ne pense pas que ce soit la procédure habituelle ! Elle est peut-être même à déconseiller. Pourtant, c'était juste la phrase que mon père avait besoin d'entendre à ce moment précis. Comme cette aide-soignante qui, trois fois dans la même nuit, vient nettoyer les dégâts d'une digestion chaotique et répond à mes excuses embarrassées par un éclatant sourire, en ajoutant : « Je vous en prie. » J'ai d'ailleurs été épaté par sa technique pour changer les draps de lit sans que je le quitte un seul moment !

Mais les soins infirmiers ne sont pas qu'une simple technique. Fin septembre se produit une scène qu'il me faut raconter. Je me souviens de la date : c'est ce week-end-là en effet qu'a lieu la *Ryder Cup 2018*, un championnat de golf qui voit s'affronter douze des meilleurs joueurs américains contre douze des meilleurs joueurs européens. C'est mon sixième week-end à l'hôpital et je n'en peux plus. Physiquement. Et moralement. Le week-end est un temps privilégié en paroisse. Pendant quarante-huit heures un peu toniques, on donne tout pour le Seigneur : rencontres avec les jeunes de l'aumônerie, rendez-vous avec les fiancés, les servants d'autel, les scouts... S'ajoute en outre le tourbillon des célébrations. Un samedi, il peut ainsi nous arriver de vivre en une seule journée ce qu'une personne connaîtra dans une vie entière : un baptême le matin, un mariage dans l'après-midi et une onction des malades le soir. Ce tourbillon quelque peu épuisant est finalement assez sympathique tant on y croise une grande diversité de personnes, de lieux et d'événements. En se donnant ainsi, le prêtre expérimente la joie du don de lui-même. C'est l'essence du sacerdoce. Sauf que ce week-end du 29 au 30 septembre, je devrais être à Marseille pour marier Timothée et Marie. Toute l'année, nous nous sommes rencontrés pour préparer ce grand jour et surtout les cinquante années (minimum !) qui vont suivre. La maladie en a décidé autrement. Et pendant que dans la cité phocéenne, la noce bat son plein, je suis en train de broyer du noir en regardant Tiger Woods tenter des *birdies*. Je me sens absolument inutile, prêtre pour rien et pour personne, à regarder du golf, que j'assimile à tort à un sport de vieux. On frappe à la porte ; une infirmière entre pour vérifier la plomberie. Je la salue à peine, ce qui l'étonne.

« Comment ça va, monsieur Amar ? »

Je fonds en larmes.

« Qu'est-ce qui ne va pas ? »

Je lui réponds difficilement, entre deux sanglots, la respiration saccadée :

« Eh bien voilà, j'ai quarante-cinq ans, je suis prêtre, nous sommes samedi, demain c'est dimanche ; je devrais être à Marseille pour un mariage. Et là, je regarde le golf à la télé. C'est tellement pas ça, ma vie ! »

La poche de nutrition discrètement vérifiée, elle me dit :

« Vous savez, je ne suis pas croyante, mais je crois comprendre : vous vous sentez inutile, c'est ça ? »

Inutile de lui répondre puisqu'elle a tout compris. Elle poursuit :

« Je peux m'asseoir à côté de vous ? »

J'acquiesce d'un geste et entends une nouvelle question :

« Je peux vous prendre la main ? »

Pendant plusieurs minutes, elle et moi, main dans la main, nous regardons… le golf. Mes yeux se ferment. La respiration se calme et la tristesse diminue. Le remède est tellement simple ! Cela va mieux parce qu'une infirmière, peut-être débordée, sûrement débordée, a juste pris un peu de temps pour me prendre la main, simplement, en silence. Ce n'est rien et c'est pourtant énorme. Je retiendrai cette histoire longtemps : devant la souffrance, physique ou morale, il n'y a parfois rien d'autre à faire que de se taire et de prendre la main de celui qui souffre.

Fraternité

Aîné de la famille, mon frère Luc avait confié tout jeune qu'il voulait… être pape ! Nous étions alors en 1980 et Jean-Paul II venait d'achever son premier voyage en France. Je me souviens encore de notre périple familial pour participer à la grand-messe, célébrée sur le tarmac de l'aéroport du Bourget devant des centaines de milliers de personnes. C'est au cours de l'homélie que le premier pontife polonais de l'histoire lançait son fameux appel : « France, fille aînée de l'Église, es-tu fidèle aux promesses de ton baptême ? » C'est sûrement en voyant les nombreux policiers, les gardes du corps et l'hélicoptère pontifical que mon frère a été convaincu que le « *job* » de pape n'était pas si mal ! Il est aujourd'hui marié et père de six enfants. Une tout autre forme d'aventure, pas moins audacieuse et peut-être aussi héroïque…

Début août, avec sa femme Christine, nous passons quelques jours inoubliables à New York. Il rejoint ensuite sa famille et moi, l'équipage du *Malena*. À bord, j'envoie régulièrement des photos de notre croisière sur le *WhatsApp* familial, excitant les jalousies. Et puis, du jour au lendemain, plus rien. Luc me dira plus tard combien ce changement de régime l'avait étonné. « Je me suis dit : soit le bateau a coulé soit son téléphone est tombé à l'eau ; ce qui revient au même ! » m'avait-il confié en éclatant de rire.

Les nouvelles lui parviennent enfin. Je suis à Gênes, hospitalisé en urgence, pour un « truc bizarre » à l'abdomen. Christophe, le médecin qui sera pendant ces longs mois tout à la fois ange gardien et directeur des opérations, pose la question : « Pierre est loin et seul, qui y va ? » Un débriefing familial est vite organisé, le premier d'une longue série… Luc se porte volontaire : après tout, il n'y a « que » cinq cents kilomètres. Pendant ces trois jours qu'il passe avec moi, et qui lui seront décomptés comme des congés, je découvre un homme multitâche : directeur de cabinet, garde malade, diplomate familial, négociateur, *coach*…

Ces différentes casquettes se déclinent en de multiples attitudes dont je vais être l'heureux bénéficiaire. Je découvre par exemple chez mon frère une patience consommée pour préparer et poser des linges mouillés sur mon front fiévreux, négocier des bouteilles d'eau auprès d'une infirmière aimable comme une porte de prison ou encore me conduire jusqu'à la douche avec toute ma tuyauterie afin de passer délicatement sur ma nuque un filet d'eau fraîche. Ce moment-là est un plaisir suprême dont je me souviendrai encore longtemps, en plus de l'apparition matinale, après des nuits chaotiques et douloureuses : Luc me saluait à la fenêtre comme le pape François à sa *loggia* ! Ces journées douloureuses s'achèveront même par un énorme fou rire complice lorsque Luc m'affirmera avec aplomb, le matin de mon évacuation sanitaire pour la France, et alors que mon brancard est péniblement poussé jusqu'à l'ambulance : « Bon… il faut que je te dise… Entre Gênes et New York : j'ai quand même préféré New York ! »

Malgré les maladresses, les blessures de part et d'autre, la peur de mal faire, les incompréhensions ou les désaccords… l'épreuve de la souffrance d'un proche est une bien curieuse expérience qui renouvelle les liens familiaux. Elle les porte également à une profondeur à la fois inégalée et indicible. « On ne souffre pas seul. On souffre toujours avec ceux qui souffrent à cause de votre souffrance », écrit Elie Wiesel. La souffrance est une maladie contagieuse. Elle fait souffrir bien au-delà du malade lui-même. Elle emporte avec lui sa famille et l'ensemble des soignants, car tous sont mis face à leur impuissance et aux limites de leur humanité.

Mais le jour de son ordination, un prêtre gagne une seconde famille sans perdre la première : celle du presbyterium. Derrière cette locution latine se cache la communauté des prêtres qui l'accueillent d'ailleurs, au cours de la célébration, par une longue accolade souvent virile. Curieuse fraternité où l'on s'interpelle le plus souvent par son nom de famille, comme à l'armée, développant ainsi un certain esprit de camaraderie en plus d'un sentiment d'appartenance. Hospitalisé pour une longue durée, j'ai pu toucher de près cette fraternité des prêtres, à la fois en recevant les nombreuses visites de confrères, mais aussi de très nombreux messages. Parmi eux, l'équipe du *Padreblog* a pour moi une place toute particulière. Étonnante « *team* » formée de trois prêtres au début, six aujourd'hui, réunis sur la conviction qu'il faut mutualiser une attente souvent formulée sur le parvis des églises, lorsque beaucoup de paroissiens nous interpellent sur un sujet d'actualité en demandant : « Mon père, vous en pensez quoi ? » D'articles de blogs en tribunes dans la presse, jusqu'à des prises de paroles sur les plateaux télé ou les chaînes de radio, les « Padrebloggeurs » ont le désir d'incarner une voix d'Église franche, décomplexée, directe et réactive. Internet devient pour eux une sorte de nouveau presbytère, voire de nouveau parvis d'église[1].

Mais cette aventure numérico-médiatique de prêtres, qui connaît désormais une certaine notoriété, est d'abord une immense amitié. Au *Padreblog*, impossible de se prendre au sérieux : il y a beaucoup de fous rires, de complicité et de bienveillance ! Entouré, accompagné par la prière de mes frères, je prends à nouveau conscience qu'au moment où ma santé s'effondre, cette amitié sacerdotale est une aide puissante et précieuse. Dès le 26 août, au lendemain de ma première opération, l'abbé Grosjean traverse la France depuis Biarritz pour célébrer la messe dans ma chambre d'hôpital à Gênes. Le 10 septembre, c'est toute la « *team* » qui décide d'être là pour mon anniversaire et m'oblige à présider la messe : la seule que je célébrerai en deux mois. Je me souviendrai longtemps de ce quarante-cinquième anniversaire et pense surtout à tous les prêtres isolés qui n'ont pas, comme moi, la richesse de ce lien. Ils sont encore trop nombreux. Pourtant, lorsque le Christ dit « Viens et suis-moi » à Pierre, Jacques, Jean ou même Judas, il ne leur promet pas une vie facile. Mais il les fait entrer dans une communauté qui va vivre une aventure commune,

1. Une idée développée dans un ouvrage que j'ai pris plaisir à écrire : *Internet, le nouveau presbytère ou comment rassembler des brebis avec des souris*, Artège, 2016.

un groupe fraternel qui deviendra le collège des douze apôtres, capable d'affronter les tempêtes, la trahison et les persécutions. Jésus sait qu'un homme isolé, *a fortiori* un prêtre, est vulnérable. Dans un de ses ouvrages, l'abbé Grosjean parle de cette solitude avec beaucoup de simplicité et de vérité :

> Le prêtre qui déjeune seul le dimanche ou le soir de Noël, quand tous les paroissiens sont repartis, heureux de la belle messe qu'ils ont eue. Le prêtre qui ne sait pas quoi faire de ses vacances, car il n'a plus vraiment de famille et ne veut pas déranger. Il n'ose pas s'inviter. Le prêtre qui n'entend de ses paroissiens que les remarques ou les critiques plus ou moins justifiées, mais jamais l'expression d'une reconnaissance bienveillante. Les gens contents écrivent rarement ! Du coup, le curé a l'impression qu'il ne fait que des mécontents, que son zèle – peut-être parfois maladroit – n'est pas compris, ou que le bien qu'il peut faire n'est pas vu. Le prêtre isolé loin de tout confrère de son âge, maintenu dans un désert pastoral en dépit du bon sens. Le prêtre qui se dépense sans compter, sans jamais de remerciements ni d'encouragements de son évêque[1].

Pour tenir dans ces conditions, un évêque au cœur de père mais aussi une véritable fraternité sacerdotale sont vitaux ! Une bande d'amis, de frères, « *a band of brothers* », diraient les Américains, où l'on peut exercer une vraie correction fraternelle, s'encourager et veiller les uns sur les

1. Pierre-Hervé GROSJEAN, *op. cit.*

autres. Il y a des choses qu'on ne peut dire qu'à un ami prêtre ou que seul un prêtre peut comprendre. Au *Padreblog*, nous nous sommes donné quelques règles de bon fonctionnement. L'une d'entre elles me semble particulièrement heureuse : aucun d'entre nous ne publie sans le feu vert des cinq autres. Non seulement parce qu'on est moins bêtes à plusieurs, mais surtout parce que l'aventure collective nous semble plus importante que la promotion des egos. Le tout est plus important que la partie. Dans le même esprit, aucune prise de parole sur un média télé ne se fait sans le feu vert de l'évêque… qui dit souvent non. L'aventure solitaire est dangereuse, encore plus si elle se fait sans être missionné.

Hélas, nos sociétés occidentales atomisées, individualisées à outrance, fragilisent notre humanité. Avec nos smartphones qui nous isolent et nous fractionnent, nous sommes devenus des « *alone together* », ensemble mais seuls. Il nous faut reconstruire des bandes de frères, des communautés de compagnons d'armes et de destinée. Il nous reste tant de frères à aller chercher ensemble ! L'histoire de l'Église est remplie d'exemples de ce type. Les premiers Pères de l'Église sont de grands amis ; les fondateurs d'ordre sont de véritables chefs de bandes : Grégoire de Naziance et Basile ; saint Benoît, saint François d'Assise, saint Dominique, saint Ignace… Le jour où il se présente au monastère de Cîteaux pour y vivre l'aventure monastique, saint Bernard ne le fait pas seul : il y entre avec trente de ses amis ! Et vous, amis lecteurs, quelle est votre « *team* », votre « *band of brothers* » ? Avez-vous une bande d'amis sûrs, des frères qui vous stimulent et peuvent tout vous dire ? J'ai pu constater qu'à différentes étapes de ma vie où des choses importantes se sont passées, j'ai été invité par quelqu'un. À chaque fois, je sais très bien qui est venu me chercher. Et cet homme est souvent devenu un ami précieux ainsi qu'un véritable frère.

Dommages collatéraux

J'ai la chance d'avoir encore mes parents. Ils ont vécu ces journées douloureuses avec leur âge, mais aussi leur tempérament. Il faut le dire ici : leurs visites fidèles et leur présence régulière auprès de moi ont été les choses les plus pénibles à affronter, une sorte de souffrance dans la souffrance. Le besoin de soutien familial est bien sûr essentiel. Sans femme ni enfants, un prêtre a un rapport privilégié et singulier avec sa famille proche. Il y demeure un fils, un frère, un oncle. Fût-il évêque, c'est dans ce cadre familial qu'on lui dit tout et qu'on ne lui passe (presque) rien. On ne s'en prive pas d'ailleurs, et tant mieux, car cela le protège contre lui-même. En famille, devant sa propre mère notamment, impossible de mentir ou de faire semblant.

Célibataire, le prêtre n'en demeure pas moins assez indépendant. Et il peine parfois à comprendre que la sollicitude dont il fait l'objet, toujours sincère mais parfois maladroite, est en fait le visage d'une autre souffrance : celle de l'entourage.

Dans mon cas, tout cela fut exprimé dans la douleur et dans les larmes, à travers des regards, des colères, des reproches et surtout des textos maladroits. Plutôt que de parler en leur nom, il m'a semblé plus honnête de leur demander leur témoignage. J'ai dû batailler pour l'obtenir.

Les lignes qui suivent ne sont donc pas de moi. Je les dédie aux parents qui, comme la mère de Jésus, ont connu la pire des souffrances : celle de perdre un enfant. L'avez-vous remarquée ? Cette souffrance de Marie, si bien sculptée par Michel-Ange dans sa *Pietà* et merveilleusement mise en musique par Pergolèse dans son *Stabat Mater*, n'a pas de mots. Il y a une souffrance pour laquelle le langage renonce à tous ses moyens. Lorsqu'on perd son conjoint, on est veuf ou veuve. Si l'un ou l'autre de nos parents meurt, on est orphelin. Mais si l'on perd son enfant, il n'y a pas de mots. Comme pour souligner que cette souffrance-là est à la fois terrible et indicible. Une souffrance sans nom, c'est une souffrance sans limites.

Voici donc le témoignage de Papa, soixante-dix-neuf ans, cadre de banque à la retraite :

> Pour toute personne humaine, normalement constituée, le spectacle de la souffrance est intolérable. Il appelle au silence, à la décence, à l'humilité et au respect, plus qu'à discourir ou à disserter. Ainsi, comment le père et la mère peuvent-ils témoigner sans un sentiment de relative impudeur ? Personnellement, j'ai toujours aimé l'action. En la circonstance, j'ai donc ressenti l'immense frustration de ne pouvoir agir. J'éprouvais un sentiment très contrariant : celui d'être dépassé, de ne plus exercer aucune prise sur les événements.
>
> Quand tout va bien, on se sent assez invulnérable, mais quand se produit un important accident de santé, on est vite ramené à la réalité de la vie et on prend mieux

conscience de son état de vermisseau ! Lors de leurs rencontres avec les personnes qui souffrent, les gens avisés qui visitent les malades sont unanimes pour rapporter ce même sentiment d'insatisfaction. Ils disent tous avoir la volonté de consoler, d'assister, de secourir, de soulager, de soutenir, de faire le geste qui aide – fût-il insignifiant –, de dire la moindre parole qui encourage un tant soit peu, qui réconforte et qui protège. Tous, ils disent ardemment souhaiter pouvoir faire « quelque chose », à tout le moins esquisser le sourire qui apaise. Mais voilà que, sitôt mis en présence de la souffrance, l'émotion risque de les envahir et ils se sentent profondément faibles et maladroits, voire inopinément impuissants, démunis, désarmés, inopérants ! C'est une souffrance supplémentaire…

Ma femme et moi avons vécu tous ces moments douloureux, mais avec une donnée supplémentaire : celle du foyer chrétien que nous nous sommes engagés à construire voici plus de cinquante années. Dieu nous a donné cinq enfants. Pierre est le quatrième. Nous l'avons vu bébé, petit enfant, adolescent, adulte, comme ses frères et sœurs. Nous avons construit toute notre vie autour de ce foyer, conscients de notre devoir de transmission qui est l'apanage des parents. Nous avons tenté de faire de notre mieux… Nos enfants sont tous différents, comme dans toutes les familles, mais on ne fait pas des enfants pour les voir souffrir, eussent-ils quarante-cinq ans.

Je suis aujourd'hui presque octogénaire. Comme celle de tout le monde, ma vie a résulté des choix – bons ou mauvais – que j'ai pu faire, et des actes – bons ou mauvais – que j'ai pu poser, comme des circonstances dans lesquelles la Providence m'a placé. Toutefois, dans les obscurités de mes mauvais moments, la lumière de la foi chrétienne m'a apporté consolation, pacification, aide, réconfort, soutien (appelez cela comme vous voulez) à un point que je ne saurais dire. Je tiens à apporter ce témoignage – qu'on me pardonne sa longueur ! – parce que je pense vraiment qu'il peut être utile à d'autres. Les souffrances font inexorablement partie de la vie, mais le christianisme est effectivement de nature à les atténuer.

Pierre l'a écrit plus haut : il y a une contamination de la souffrance. Celle-ci est contagieuse. C'est une maladie invasive, comme un cancer qui se développe. Mais pour être vrai, et pour compléter mon témoignage, j'ajouterai que la joie, ou tout au moins le réconfort, sont tout autant susceptibles d'être forces de communication et j'en donnerai l'exemple qui suit.

Je pense à ce moment où ma femme et moi nous nous tenions dans une pièce de l'hôpital Percy, à proximité de la salle de réanimation, impatients de connaître le résultat de la troisième opération. À deux ou trois fauteuils plus loin, une famille attendait elle aussi. L'atmosphère était pesante, chargée d'un silence pénible. Les visages étaient crispés. Une porte s'ouvre. Une infirmière se présente et tout le monde se lève, d'un seul bond, comme des oisillons tendant leur cou devant la nourriture qui arrive… L'infirmière s'assied lentement devant ces gens qui devinent une mauvaise nouvelle avant même le début du rapport et se met à parler. Nous faisons des efforts pour ne pas écouter, mais nous entendons : « Bon... c'est très grave et il est en état de coma avancé... etc. » Un homme d'une trentaine d'années éclate en sanglots : « Mon papa!... » C'était bouleversant.

Nous sommes ensuite autorisés à voir Pierre quelques minutes. Il s'est réveillé, mais il se présente dans un état dont je préfère ne pas me souvenir... bien que le service nous dise que tout cela ira en s'améliorant. Un peu plus tard nous ressortons de la salle de réanimation et repassons par la salle d'attente. La famille est toujours là. Elle est anéantie et tout le monde pleure. Je ne suis pas très en forme, mais cette désolation est émouvante et je ressens un impérieux besoin de réagir. Je me dirige vers eux. Je prends le bras de cet homme que j'avais vu pleurer et sans réfléchir je lui dis : « Monsieur, nous ne nous connaissons pas, mais ce que je sais, c'est que tous les gens qui sont dans cette pièce sont des gens qui souffrent. Nous sommes ensemble... » Il me regarde fixement, interloqué, d'abord muet, puis il me répond simplement : « Merci. » À l'évidence, cet échange nous a fait du bien à tous les deux. Le lendemain, cet homme était assis à l'entrée de l'hôpital. Il m'a vu passer de loin. Nous ne nous sommes pas reparlé. Il m'a fait un signe amical de la main. Je ne le verrai jamais plus. Oui, le réconfort, lui aussi, est contagieux.

Ainsi, de tout ce que nous avons vécu au cours de ces mémorables semaines, il ne résulte pas uniquement ce que Pierre, avec humour, présente comme des

« dommages collatéraux ». Il y a aussi de réels profits. L'ancrage plus profond de la foi, conduisant à une meilleure attention aux autres, n'en est pas le moindre. Nous avons donné le même enseignement à nos enfants et nous ne pensons pas avoir un quelconque mérite dans le choix de celui-ci ou de celle-là dans leurs différents états. On n'élève pas ses enfants pour soi-même, on les prépare à leur avenir, quel qu'il soit. Nos enfants ont chacun leur place dans le monde.

Il reste que Pierre est un original : il est prêtre. Par les temps qui courent, voyez un peu! Dieu l'a appelé; sa mère et moi, nous n'y sommes pas pour grand-chose sauf peut-être d'avoir un peu travaillé la terre où a germé l'appel de Dieu. Pourquoi lui? Nous ne savons pas et Pierre non plus d'ailleurs... à ce qu'il répond quand on lui pose la question. Quoi qu'il en soit, ceci a profondément modifié la donne familiale. Tous les parents de prêtre me comprendront : quand ils regardent leur fils, c'est comme s'ils voyaient double. Il y a le fils et il y a le prêtre.

L'évêque de Versailles avait prévu une visite à l'hôpital, la plus proche possible de l'arrivée de Pierre. L'ordonnancement des rendez-vous a fait que nous nous sommes croisés. L'échange général m'a d'autant plus marqué qu'à un moment de la conversation, Pierre a exprimé sa reconnaissance d'avoir ses deux pères à son chevet! Lui aussi, en quelque sorte, voyait double. J'en étais assez bouleversé... Mais je l'ai été encore plus, lorsque quelques jours après – Pierre souffrant sur son lit d'hôpital – monseigneur Aumonier a pris la peine de

nous rendre visite à notre propre domicile. Le Père rendait visite au père et sa bénédiction prenait une singulière dimension.
Du jour où Pierre a quitté son état de laïc pour celui de clerc, il a été adopté dans une seconde famille, celle de l'Église. Nous, ses parents, nous avons accepté – sans aucun effort – de le donner en vrai « sacrifice », c'est-à-dire dans la pleine acception de ce terme : « faire un sacrifice, c'est faire du sacré. » Je me souviens que dès son entrée à Percy, Pierre a demandé qu'à l'exacte hauteur de son regard soit placée une photo de saint Jean-Paul II, souffrant, appuyé sur son crucifix. Muet, intubé, immobilisé sur son lit de réanimation, Pierre regardait fixement cette image et ce spectacle était poignant. En fait, cette photo lui faisait du bien et à nous aussi, mais pour lui c'était à l'évidence une médication aussi indispensable que sa perfusion.
Nous avons vécu des moments douloureux mais inoubliables. Une certaine discrétion me retient de tout rapporter. Pierre a souffert. Cette souffrance a fait souffrir sa famille au grand complet et aussi ses amis. Je dois avouer que pendant les premiers jours, j'ai craint le pire. Tout particulièrement, lui rendre visite en salle de réanimation a été une épreuve que je ne souhaite à personne. D'une façon générale, lors de mes visites suivantes, j'essayais bien de cacher ma peine mais Pierre s'en apercevait et c'était une souffrance pour lui, au point de me demander de regarder ailleurs... Comme si j'étais venu pour n'assister qu'au ballet des hélicoptères qui allaient et venaient à l'extérieur !

Je pense aussi à cette après-midi où j'avais pris la résolution de passer quelques heures à son chevet. À toutes fins utiles, j'avais apporté *Les frères Karamazov* de Dostoïevski, édition La Pléiade. Avec cette lecture, j'avais de quoi m'occuper ! Mais après quelques minutes de conversation, Pierre s'est endormi et je suis rentré chez moi en oubliant le volume dans la chambre. Par la suite, j'ai appris que Pierre était convaincu que je lui avais apporté intentionnellement ce roman, comme si la lecture de plus de mille pages de papier bible était de circonstance ! À quoi tiennent les malentendus de la vie quand même !

La peine a également été le lot de Christine-Marie, mère de quatre enfants et sa sœur aînée, qui a été privée de visite. Installée en province, elle ne cessait de penser à son frère cadet et souhaitait vivement aller le voir. Sa demande était plus que légitime, mais la recommandation générale était à la prudence, ce qui induisait une situation contrariée. D'une part, Pierre aspirait au calme et au repos, ce qui militait pour la restriction des visites. D'autre part, Luc se démenait et renvoyait à sa sœur une image qui lui donnait l'impression d'être mise à l'écart. C'était une peine supplémentaire pour elle, une réelle frustration que nous, ses parents, comprenions mieux que d'autres puisque nous la vivions aussi… Mais qu'y faire ? La situation était pénible pour tout le monde et pas moins pour le clan familial que pour les amis et connaissances de tous bords.

Je suis heureux d'avoir élargi mon propos, ce qui me permet d'introduire nos remerciements envers tous ceux – si nombreux – qui ont apporté tant de prières, de marques d'amitié à notre famille, tant de sollicitude, d'attentions délicates, de multiples façons. Les mots me manquent pour dire notre reconnaissance et notre gratitude. Je peux témoigner que la communion des saints enseignée par l'Église est une réalité. Je l'ai vécue. Pour finir, je souhaite faire une dernière confidence, dont j'ai un peu honte. À sa sortie de Percy, Pierre a été admis à résider chez les Petites Sœurs des Pauvres à Versailles. Or, pendant près de quatre-vingts ans, je me suis demandé à quoi pouvaient vraiment servir les religieuses, lorsqu'elles n'étaient pas strictement contemplatives ou enseignantes. Toujours cette manie d'être en action… Pour moi, dans le monde, il y a les clercs et les laïcs. C'est une vision machiste et simpliste. Aujourd'hui, quand je repense au dévouement des Petites Sœurs, à leur abnégation, à leur oubli d'elles-mêmes au service des autres, à leur fidélité à leurs engagements, j'y vois plus clair et on a beau dire que le naturel a tendance à revenir au galop, je crois que je ne ferai plus tout à fait les choses comme avant.

Et voici le témoignage de Maman, mère au foyer, ancienne orthophoniste, soixante-dix-huit ans :

Sur les instances de Pierre, je me résigne à donner mon témoignage, bien que généralement je répugne un peu à ce genre d'exercice. Peut-être sera-t-on surpris, car bien des sentiments m'ont agitée pendant ces semaines de maladie et pas des plus honorables : rage, chagrin, amertume, colère, frustration, mais aussi joie, reconnaissance, émerveillement.

Tout a commencé par le coup de fil de Luc : « Pierre a été opéré en urgence à Gênes pour une péritonite. On a trouvé une masse suspecte… » Pourquoi ne sommes-nous pas informés en priorité ? Ne sommes-nous pas ses parents ? Angoisse… Peine… Amertume. J'avoue ne pas avoir été bouleversée comme mon mari par la maladie de notre fils. Je viens d'un milieu médical, accoutumée à côtoyer la maladie et la souffrance. Plusieurs de mes proches ont subi des opérations graves et je n'ai moi-même pas été épargnée. En outre, depuis quelque trente années, je visite bénévolement les hôpitaux.

En ce qui concerne Pierre, ce qui m'alarmait c'était cette « masse », cette tumeur si agressive qui avait fait des dégâts irréparables. Je voyais se pointer chimio et métastases… des éventualités qui ont finalement été écartées bien plus tard, *Deo gratias* !

Avoir un enfant malade, je connais, mais en revanche, un enfant malade et prêtre, c'est une découverte pour moi. Bien sûr, depuis sa naissance et encore davantage depuis son ordination, Pierre ne nous appartient pas. Nous avons accepté de le donner à l'Église et ce don est toujours à renouveler. Inconsciemment, pendant sa maladie, je pensais tout naturellement et en toute justice le récupérer un peu. Mais non, on me fait comprendre que je suis diminuée par l'âge, que je suis incapable de rester comme garde-malade auprès de mon fils souffrant pour prévenir ses moindres désirs. Pierre vous dira, en riant, que grâce à son médecin, il l'a échappé belle ! Donc exit la *madre*... De plus, nous réalisons concrètement que sa nouvelle famille c'est l'Église représentée par ses frères du presbyterium. Nous, ses parents et sa sœur aînée, passons après eux. C'est pour nous une autre souffrance, presque une injustice. En même temps, nous nous émerveillons de cette amitié et de ce soutien authentiquement fraternel. Au fil du temps nous avons vu notre fils se redresser, reprendre des forces et des couleurs. Sans doute pourra-t-il plus tard reprendre son ministère. Mon mari répète à l'envi : « Rien ne sera plus comme avant. » Est-ce vrai ? Je ne sais, mais j'espère que cette épreuve nous aura tous fait grandir dans l'amour.

Connecté

En « réa », puisque ce lieu vient d'être évoqué, j'ai connu une curieuse expérience : cinq jours et cinq nuits sans smartphone, connecté tout autrement. Curieuse expérience de sevrage numérique qui a donné l'idée à un dessinateur de rire de moi et avec moi. Pari gagné : je garde précieusement son œuvre[1], en plus du souvenir ému de sa visite.

Mais il faut aussi faire un aveu : le reste du temps, Internet a été un antidépresseur et un antalgique puissant.

Bien sûr, on lit beaucoup lorsqu'on est malade. Bien plus, d'ailleurs, durant la convalescence que durant l'hospitalisation. À Percy, à part quelques bandes dessinées vite parcourues, j'ai surtout regardé des séries. Je dis cela pour ceux qui imaginent que j'ai passé mes journées la Bible dans la main. Rien n'est moins vrai, hélas… Lors de mon dernier soir en « réa », j'ai même regardé un match de foot avec un aide-soignant grand supporter de l'Olympique de Marseille. Il passait régulièrement dans mon box, l'air très affairé. Mais je n'ai pas été dupe : il venait pour connaître le score ! Les autres patients, les pauvres, n'étaient probablement pas en état de regarder la télévision. J'ai appris plus tard que mon voisin du box de gauche était mort dans la nuit. Je me souviens encore d'avoir vu *Les sept mercenaires.*

1. À découvrir à la fin de cette deuxième partie.

Ce jour-là, d'ailleurs, le chirurgien avait commencé à me parler de la chimiothérapie et de ses inévitables effets secondaires. J'ai alors porté un autre regard sur la tête toute chauve de Yul Brynner…

Quoi qu'il en soit, Internet m'a vidé la tête et a chassé la douleur de façon toute aussi efficace que n'importe quel antalgique. J'ai dû bannir les comédies qui me faisaient rire, tirant douloureusement sur ma cicatrice. La musique a aussi été une amie fidèle, collant à mes états du moment, permettant notamment d'étouffer les bruits annexes : gémissements des voisins, sonneries des machines, discussions dans le couloir. Une mélodie est surtout un excellent moyen pour s'évader de la prison corporelle. Et puis… Dieu aime la musique. En entrant dans l'histoire des hommes, n'a-t-il pas tenu à organiser un grand concert ? Au-dessus de la crèche de Noël, les anges chantaient à tue-tête et à tire-d'aile ! Au paradis, on entend évidemment toutes les musiques du monde, dans leur singularité et leur diversité. Ce doit être une véritable symphonie, dirigée de main de maître par une femme (et c'est rare dans la profession) : sainte Cécile, patronne des musiciens. On y interprète bien sûr l'intégrale de Bach et on y chante le *Notre Père* de Kedrov, en slavon évidemment, ainsi que ce refrain de psaume avec un très léger filet d'orgue : *Misericordias Domini in aeternum cantabo*, « Je chanterai à jamais les miséricordes du Seigneur ». Le tout sous la forme d'un chant grégorien, ce sublime chant de l'âme qui a hélas disparu de nos églises.

Tous les styles y sont passés. J'ai ainsi souvenir d'avoir écouté en boucle le deuxième mouvement du concerto pour piano en mi mineur de Chopin, « Si c'était à refaire » de Céline Dion, « *Bless the Lord* » de Matt Redman ou encore « *You Raise me up* » de Josh Groban. Il serait intéressant de demander à des prêtres quelques titres de leur *playlist.* Mon ancien vicaire est par exemple un véritable fan de musique *metal* !

Transfusion

Il est temps de présenter celui qui est venu me voir tous les jours, m'apportant à chaque fois un plus grand que lui. Le *Padre*, puisque c'est ainsi qu'on l'appelle en tant qu'aumônier militaire, est d'abord un fonctionnaire. Mais il serait certainement furieux qu'on le présente ainsi, car il ne rentre nullement dans la caricature que ce mot véhicule et que les écrits de Courteline ont consacrée. Le *Padre* de Percy ne compte en effet ni ses heures ni son énergie. Mais il est effectivement payé par la République afin d'apporter son ministère de prêtre dans une enceinte militaire.

Le père Jean-Marie appartient à la communauté Saint-Martin, la même communauté que dom Jean-François, le prêtre de Gênes. Il en a même été le supérieur général pendant six années, premier successeur du fondateur. En son sein, il a donc été aux premières loges pour déployer ce qui en fait aujourd'hui la spécificité et explique son succès : intense vie communautaire, richesse de la liturgie, exigence des études, souci de mobilité et… humour ! Une recette qui explique que le séminaire de cette communauté soit aujourd'hui archi plein.

À la fin de son mandat, le père a fini par atterrir dans le diocèse aux armées, comme aumônier de l'hôpital Percy. J'avais déjà croisé cet homme de grande taille et aux traits fins il y a fort longtemps, en 2004, lors d'un congrès de prêtres à Malte, du temps où il était supérieur général. Puis dans un sanctuaire dont il était le recteur. J'avais été marqué par son charisme, son leadership, sa vision de l'Église, son humour, sa profonde culture, mais aussi ses inévitables défauts et limites. Je me suis même pris à penser, à l'époque, que tout ne devait pas être toujours facile pour ses collaborateurs…

Quatorze années après notre première rencontre, j'ai affaire à un homme tout autre et je veux le dire ici : mon épreuve aurait été plus terrible encore sans ses visites quotidiennes qui furent un soutien indiscutable. Ce prêtre fut à la fois un père et un frère, me renvoyant une magnifique image du sacerdoce en action. Si vous ne savez pas à quoi sert un prêtre, venez donc à l'hôpital Percy! Le ministère d'aumônier dans un hôpital, au cœur de la souffrance, doit être particulièrement rude. J'ose le penser : y œuvrer au quotidien, entre les patients et les soignants, c'est courir le risque d'y devenir soit fou soit saint. Et le *Padre* n'est pas fou, loin de là!

Lorsque j'arrive début septembre dans sa « paroisse », il est en permission. Nous communiquons par texto; un rendez-vous est pris dès son retour. À partir de ce jour, il viendra chaque matin avec une égalité d'humeur, une fidélité qui force l'admiration et un petit rituel bien rodé.

Je prends d'abord conscience qu'il est connu comme le loup blanc. Et très apprécié. Croyants ou incroyants, tous connaissent le *Padre* qui – il faut le dire – a le don singulier de mettre tout le monde à l'aise et a le tutoiement facile.

Arrivé dans ma chambre, il me raconte plusieurs anecdotes amusantes et échange avec moi sur la situation d'un malade qu'il vient de visiter. Rien de relatif au secret médical, évidemment, juste des intentions qu'il confie à ma prière. Je me souviens ainsi de Thomas, vingt-cinq ans et de Théophile, un jeune père de famille, tous les deux plongés dans des états très graves. Et aussi d'un légionnaire et grand brûlé issu des pays de l'Est, ayant très peu de visites. Que sont-ils devenus ? Je ne sais. Mais j'ai prié et offert pour eux : on se verra au ciel, j'espère avant ! Puis, c'est la communion selon un rituel assez nouveau. Ne pouvant pas déglutir, je suis en effet nourri artificiellement au moyen d'une sonde naso-gastrique d'abord, puis par intraveineuse. À cause des nausées nombreuses, une hostie, même fractionnée, n'est pas vraiment conseillée. Encore moins le matin de l'opération où je dois être à jeun depuis minuit. Cela ne pose aucun souci au *Padre* qui sort de sa trousse une pipette contenant du vin qu'il a précieusement consacré lors de la messe. C'est avec ce « Saint Graal » d'un nouveau genre qu'il est venu chaque jour, même le dimanche, déposer sur ma langue de précieuses gouttelettes : le sang du Christ ! Une fois ce rite terminé, il concluait : « Et voilà ! Te voilà transfusé ! » La métaphore est particulièrement parlante. En « réa », j'ai été transfusé deux fois, à cause d'un taux de plaquettes anormalement bas qui inquiétait le médecin. C'est étrange de se dire que le sang qui coule dans nos veines n'est pas le nôtre. Avec sa « sainte pipette », le *Padre* me renouvelle dans ma foi : je n'avais jamais pensé qu'à chacune de mes messes, le sang du

Christ devenait le mien, comme pour une transfusion. Mieux encore, je crois qu'à la communion, le Christ nous assimile, nous devenons celui que nous recevons.

La conséquence est de taille : la communion est dangereuse. Toute église passe au rouge quand on y célèbre la messe. Alerte, zone d'alerte maximum ! On risque gros en s'exposant à la puissance irradiante de l'eucharistie. Comme le dit un ami dominicain, quiconque participe à la célébration de la messe est menacé de « christification » aiguë, c'est-à-dire qu'il court le risque de devenir comme Jésus Christ : un être donné. Jésus veut y prendre possession de nos cœurs pour nous entraîner dans son offrande d'amour.

Merci *Padre* pour vos visites qui ont été un vrai rayon de soleil dans ma grisaille hospitalière ! Faut-il vous le souhaiter ? Tant que votre santé vous le permettra, puissiez-vous rester encore longtemps dans ce lieu où votre sacerdoce rayonne d'une manière inégalée, où vous vous donnez sans compter, cœur et mains ouverts auprès de ceux qui souffrent.

Visites

Contrairement à ce que dit Michel Polnareff, je ne crois pas qu'on ira tous au paradis. En revanche, il reste assez facile d'être fixé sur son sort éternel. Il suffit pour cela d'ouvrir l'Évangile :

> Jésus parlait à ses disciples de sa venue : « Quand le Fils de l'homme viendra dans sa gloire, et tous les anges avec lui, alors il siégera sur son trône de gloire. Toutes les nations seront rassemblées devant lui ; il séparera les hommes les uns des autres, comme le berger sépare les brebis des chèvres : il placera les brebis à sa droite, et les chèvres à sa gauche.
> Alors le Roi dira à ceux qui seront à sa droite : “Venez, les bénis de mon Père, recevez en héritage le royaume préparé pour vous depuis la création du monde. Car j'avais faim, et vous m'avez donné à manger ; j'avais soif, et vous m'avez donné à boire ; j'étais un étranger, et vous m'avez accueilli ; j'étais nu, et vous m'avez habillé ; j'étais malade, et vous m'avez visité ; j'étais en prison, et vous êtes venus jusqu'à moi !”
> Alors les justes lui répondront : “Seigneur, quand est-ce que nous t'avons vu… ? Tu avais donc faim, et nous t'avons nourri ? Tu avais soif, et nous t'avons donné

à boire ? Tu étais un étranger, et nous t'avons accueilli ? Tu étais nu, et nous t'avons habillé ? Tu étais malade ou en prison… Quand sommes-nous venus jusqu'à toi ?" Et le Roi leur répondra : "Amen, je vous le dis, chaque fois que vous l'avez fait à l'un de ces petits qui sont mes frères, c'est à moi que vous l'avez fait[1]." »

Quelques lignes plus loin, la scène est inversée : tous ceux qui n'auront pas nourri les affamés, accueilli les étrangers, visité les malades ou les prisonniers, etc., iront directement en enfer. Terrible exigence de l'Évangile qui n'y va pas par quatre chemins ! J'ose quand même espérer que ce n'est pas par seule crainte de l'enfer que des visiteurs sont venus me voir…

À ceux-là, j'ai donc d'abord envie de partager un peu de cette immense joie qu'ils apportent lorsque le malade voit la porte de sa chambre s'entrouvrir pour laisser passer, pour une fois, une personne habillée autrement qu'en blouse. En dépit de cette joie réelle, les visites sont néanmoins un véritable paradoxe : elles sont tout à la fois souhaitées et redoutées ; énergisantes mais aussi énergivores. Certaines sont d'authentiques surprises et un remède très efficace. Merci à tous mes frères prêtres pour leurs visites ! Comment comprendre que mon vieil ami d'enfance, moine bénédictin, ait traversé la France à la demande de son père abbé pour venir me visiter ? Et l'archevêque de la Martinique, de retour de Rome avant de rejoindre Lourdes ? Ou encore le père Matthieu Dauchez, en pleine tournée européenne pour collecter des fonds pour ses orphelinats de Manille ? Je reste

1. Mt 25,31-40.

ému de compter autant pour des gens avec lesquels les contacts ont été si épisodiques ces dernières années. Les véritables et vieilles amitiés se nourrissent finalement de peu de mots et de peu de rencontres, comme si le temps et l'éloignement n'avaient rien changé. La souffrance semble même créer un nouveau lien, fait de solidarité et de compassion. Les cœurs s'ouvrent aussi ; j'ai écouté pendant des heures la détresse de visiteurs qui avaient compris que je n'avais qu'une simple chose à leur offrir : du temps d'écoute.

Dans sa fameuse pyramide des besoins élémentaires, Abraham Maslow place au plus bas les besoins physiologiques et de sécurité. Ceux-là sont bien sûr pris en charge par l'hôpital. Mais les visites répondent aux autres besoins, tout aussi importants : besoin d'appartenance et d'amour, besoin d'estime… des notions finalement pas si neutres. On comprend mieux pourquoi les visites sont souvent un remède très efficace afin de continuer la lutte contre la maladie. Un simple regard, une présence silencieuse ou un cadeau symbolique, sont d'une force incroyable.

Je ne me rendrai plus à l'hôpital de la même façon. Les visites aux malades font en effet partie de la vie des prêtres, que ce soit pour donner le sacrement des malades, confesser, porter la communion ou tout simplement venir parler un peu avec celui ou celle qui est alité. J'ai toujours été *de l'autre côté* du lit ; jamais *dans* le lit. S'il me fallait désormais conseiller les visiteurs, voici ce que je dirais… toutes choses, d'ailleurs, que ne je faisais pas spontanément auparavant.

La visite à un malade est d'abord, il me semble, une présence à l'autre. Il ne faut pas avoir peur des regards et surtout des silences. Rester normal et simple est aussi une exigence, que ce soit dans le ton de la voix ou la gestuelle. Se mettre au même niveau que celui qui est alité, en prenant une chaise, est une belle délicatesse. Le bienfait d'une visite se mesure à une simple présence : être là, avec celui ou celle qui souffre. Rien de plus, mais rien de moins ! C'est plus la qualité du moment et non sa durée qui va lui donner sa valeur. En ce sens, et parce que la fatigue du patient est réelle, je conseillerais à tous les visiteurs de ne pas rester… trop longtemps. Qu'il est mortifiant de se dire que l'on va peut-être passer deux heures dans les transports en commun ou les embouteillages pour un petit quart d'heure de visite ! De ce point de vue, la rentabilité est minimale. Mais il faut se dire que la visite commence au moment du départ pour l'hôpital : c'est le geste de se déranger, de se déplacer pour le malade, qui touche ce dernier. Il a la preuve tangible qu'il compte pour quelqu'un, qu'il a du prix aux yeux des autres, alors qu'il se sent inutile, faible et diminué.

Le courrier est également une belle surprise. Je l'ai ouvert progressivement, parfois des semaines après sa réception, gêné par ce déluge d'affection. Il est délicat de réaliser, bien des mois après, combien ceux qui ont demandé des nouvelles étaient nombreux ; combien nombreux aussi ont été ceux qui n'osaient pas poser de questions, de peur de déranger. Aujourd'hui, de retour à l'autel, ma prière fidèle et reconnaissante monte encore pour tous ceux qui se sont manifestés, d'une manière visible ou invisible.

À l'heure d'Internet, le Web permet aussi des « visites numériques » tout aussi riches et bénéfiques. Je me souviens entre autres d'Alexia, cette jeune maman qui m'envoyait quasiment tous les jours par *WhatsApp* une petite histoire drôle, une anecdote divertissante ou une photo de sa petite famille. Ou de ma marraine, m'envoyant chaque matin une nouvelle mélodie à écouter ou encore de M.-G., professeur de lycée, me racontant ses dernières aventures avec ses élèves. On pourrait croire que tous ces messages étaient durs à lire, me rappelant cruellement que j'étais « hors service ». Pas du tout ! J'avais besoin de ces fenêtres ouvertes sur l'extérieur qui me rappelaient qu'il y avait quelque chose d'autre derrière les fenêtres de l'hôpital, la vie, la vraie.

Il est enfin une personne que je crois bien avoir vue plus de fois en quelques mois qu'en seize années de sacerdoce : mon évêque ! Ses visites furent des moments très particuliers, remplis d'une paternelle compassion. Un évêque me confiait un jour en pastichant avec humour l'Évangile de saint Matthieu : « Tu sais... quand deux ou trois prêtres sont réunis, je suis là au milieu d'eux. » Quand ça va mal dans un diocèse, c'est bien connu, c'est forcément la faute de l'évêque ! J'ai donc, je l'avouc, murmuré avec mes confrères sur les limites de mon chef. En oubliant trop souvent cette recommandation du pape Benoît XVI : dans l'Église, il y a certes un droit à la critique, mais elle est d'abord autocritique. L'épreuve de la maladie et de la souffrance m'a permis de découvrir (il était temps !) un aspect de la fonction épiscopale que je n'avais pas vu, ou pas voulu voir jusque-là : le cœur du père. Le jour de son ordination, les mains dans celles de son évêque, le prêtre promet obéissance et respect. Ce ne sont pas que des mots. Cette obéissance n'a de sens que parce que l'évêque accepte cette autorité comme un service et une charge paternelle.

Heureux les prêtres qui ont la chance d'avoir un évêque au cœur de père ! Heureux les évêques qui voient leurs prêtres comme des fils, peut-être remuants, mais toujours désireux de servir car ayant tout donné ! Heureux les diocèses où le presbyterium est une fraternité, où chacun est capable de se réjouir du bien que fait l'autre !

Fais pas ta vieille !

« Un taureau bien portant » : c'est ainsi qu'un illustre patient présente Christophe, cet ami médecin qui s'est tant démené durant ces longs mois. Physiquement, la description est juste. Médecin urgentiste, Christophe a un corps taillé pour une mêlée de rugby. Il doute de peu de choses et ne connaît que deux vitesses : la marche avant et... la marche avant. Le point mort, stagnation absolue, est à bannir. Quant à la marche arrière, il ne faut même pas lui en parler ! Les situations humainement tendues ? Les crises médicales ? Les diagnostics urgents ? Rien ne semble lui faire peur. Sa seule crainte, on l'aura compris, c'est l'immobilisme. Pour autant, Christophe est un farouche opposant de la dictature du mouvement perpétuel. Une idée que l'on médite dans ce qui fut l'un de mes livres de chevet : *Demeure*, de François-Xavier Bellamy[1]. Dans cet ouvrage, le philosophe lance un signal d'alarme afin de dénoncer la passion moderne pour la vitesse et le changement. L'homme y gagne certes en vitesse d'exécution, dit-il, mais y perd grandement pour appréhender l'essentiel, c'est-à-dire l'épaisseur des choses. Notre modèle social, notre monde en fait, est en danger. Il n'est plus « le lien durable qui donne sens à ce qui est », mais une simple addition d'objets

1. François-Xavier BELLAMY, *Demeure*, Grasset, 2018.

et de dynamismes. Il faut lire Bellamy, en plus d'Antoine de Saint-Exupéry, qu'il cite maintes fois, pour comprendre la vertu de ce qui demeure. Pour parvenir à cette compréhension, pour prendre du temps et du recul, certains décident d'entreprendre un grand voyage ou de marcher vers Compostelle. J'ai dû tester quelque chose de plus brutal que je ne recommanderai pas nécessairement : trois opérations chirurgicales en un mois et demi, dix-huit kilos en moins, une longue convalescence…

Le paradoxe est que c'est justement ce Christophe-là, l'homme toujours pressé et jamais à l'heure, qui m'a fait découvrir la valeur et le sens du temps long. Très vite, il a veillé à me préserver – lui le médecin qui guette les symptômes apparents et visibles – contre l'épuisement intérieur invisible. Très tôt aussi, il m'a mis en garde contre le « syndrome de glissement », bien connu des gériatres, au moyen d'une expression bien à lui : « Fais pas ta vieille ! » Ce devait être un jour, je ne sais plus très bien, où j'ai dû refuser d'aller marcher dans le couloir, écoutant un peu trop les aboiements de mon corps. Il fallait oser parce que, vraiment, ce jour-là, j'avais mal. Et Christophe a osé me bousculer… en plus de m'apporter au même moment, avec un grand sourire, une pile de bandes dessinées pour passer le temps. Une autre fois, c'est lui qui me conseillera de me changer en journée, afin de ne pas rester en pyjama, de me faire une règle de vie quotidienne avec horaires et programme stricts. Tout cela n'est que la partie visible de l'iceberg : j'ai appris plus tard comment il rendait compte à mon évêque tout en accompagnant en parallèle le désarroi de mes parents.

Je mesure la chance que j'ai eue de profiter de ses conseils, de sa présence et de son énergie quasi invincible pour m'installer dans la stabilité nécessaire au recouvrement de mes forces. Je reste confus des heures que j'ai ainsi volées à sa femme Pauline ; puissent-ils très vite prendre du temps ensemble !

Célibat

Mes longues heures de solitude ont singulièrement relancé une réflexion personnelle à laquelle je ne m'attendais pas : celle du célibat des prêtres. Je me suis en effet pris à penser que, n'ayant ni femme ni enfants, je m'étais singulièrement privé de visiteurs supplémentaires. Sans nostalgie, je me suis plu à imaginer ce que je serais devenu si j'avais eu une épouse et une descendance. J'ai même pensé que j'aurais été beaucoup moins tranquille pour reprendre des forces !

L'Église pourrait un jour ordonner des hommes mariés. Jusqu'au cinquième siècle environ, les prêtres étaient le plus souvent mariés. Les apôtres l'étaient déjà puisque, dans l'Évangile, on apprend que Simon-Pierre a une belle-mère (le pauvre !). De nos jours, c'est encore le cas – et de façon habituelle – chez nos frères orientaux. En Occident, les diacres permanents sont également mariés. Plus récemment encore, l'Église a accueilli de nombreux prêtres anglicans mariés à la suite d'événements survenus dans la communion anglicane et que leur conscience n'a pu accepter. Par exemple (tiens donc ?) l'ordination de femmes prêtres. Mais tout cela reste mineur. La grande tradition de l'Église latine, son grand trésor, c'est le célibat. J'en ai vu tous les jours la signification et la fécondité. Voire un argument pastoral. Il n'y a pas une seule discussion avec des jeunes ou une conversation de comptoir où ce sujet n'est pas abordé. À tous les coups on gagne ! Parce que le célibat consacré ne cesse de poser question aux générations d'après mai 1968 à qui on a seulement proposé de jouir sans entraves.

Le célibat pour le Seigneur proclame que Dieu peut combler un cœur. Profondément. Durablement. Il offre au monde le témoignage d'un engagement total : notre époque n'en a-t-elle pas besoin ? Le prêtre n'est pas l'otage du Vatican. Il ne subit pas le diktat de Rome. Son célibat, il l'a choisi personnellement, mûrement réfléchi même – au séminaire – pendant huit années d'études. Huit ans de fiançailles : on a le temps de s'y faire et de s'y préparer !

Je connais des frères prêtres qui ont remis en cause ce choix. Par lassitude ? Usure ? Tentation ? Isolement ? Peut-être un peu de tout ça en même temps... loin de moi la seule idée de les juger. Lorsqu'on perçoit une règle comme une contrainte et non plus comme une grâce, on ne tient pas longtemps. Après tout, n'est-ce pas un peu pareil chez les couples ? Mais l'épreuve (ou l'échec) n'est pas la négation de la vérité ni de la beauté d'un engagement. Et je laisse de côté les prétendues « exigences » du corps : manger, boire, dormir... sont des fonctions vitales. Mais on peut vivre sans activité sexuelle... sinon, je serais mort depuis longtemps !

Ce qui est vrai cependant, c'est qu'on ne peut pas vivre heureux sans se donner d'une façon ou d'une autre. On peut donner sans aimer, mais on ne peut pas aimer sans donner. Voilà ce dont l'homme a d'abord besoin : trouver comment se donner, vivre le don de soi ! C'est possible pour tous, et même depuis une chambre d'hôpital, au moyen de la recette que je partagerai plus tard avec mes voisins d'EHPAD : offrir, prier, sourire[1].

Finalement, j'ai tiré de cette expérience une nouvelle sérénité. Voilà le sens profond de notre célibat : le prêtre se donne pour témoigner de la joie du don, à travers chaque vocation, et y préparer tous ceux qu'il rencontre, même alité. S'il avait une femme et des enfants, ils auraient légitimement la première place dans son cœur. Avec son célibat, la priorité, ce sont les autres !

1. Voir, en troisième partie, le paragraphe intitulé « Ma Maison ».

Onction des malades

Voilà un sacrement méconnu et un rendez-vous qui fait peur. Longtemps appelé « extrême-onction », il était donné à ceux et celles qui étaient aux portes de la mort, souvent dans l'intimité et l'urgence de l'agonie. Un peu comme si l'Église avait omis une aide ultime : « Attendez, ne partez pas tout de suite, on a oublié de vous donner quelque chose ! »

Alors que je l'ai donné maintes fois pendant ces seize dernières années – y compris à ma propre mère –, pour la première fois de ma vie j'ai vécu ce sacrement… de l'autre côté du lit. Il m'a été administré par celui qui m'accompagne spirituellement depuis des années. L'ambiance, il faut le dire, était ce jour-là un peu plus grave et solennelle que lors de nos rendez-vous habituels. Chaque mois en effet, depuis plus de dix ans, je me rends chez ce prêtre aîné pour un rituel immuable : nous prenons d'abord le café, durant lequel je dis forcément du mal des confrères et des évêques. Nous rions beaucoup ! Puis c'est la confession et la prise d'un rendez-vous pour le mois suivant. Chacune de ces rencontres a toujours été très précieuse. Expérimenter sur soi-même la miséricorde de Dieu, s'obliger à rendre compte, s'exposer à un regard paternel qui écoute sans juger, tout cela est pour moi un précieux tremplin pour le seul chantier qui vaille : celui de ma conversion. Pardon si cela ne se voit pas assez. Le « vieil homme » que saint Paul évoque souvent dans ses lettres n'en finit pas de mourir en moi. Dans ce cas, dites-vous une chose : si j'arrêtais, ce serait pire !

À l'hôpital Percy, j'ai donc reçu le sacrement des malades qui, trop longtemps, a été considéré comme le sacrement des mourants. Quelle erreur ! Sa grâce première est une grâce de réconfort, de paix et de courage pour vaincre les difficultés de la maladie ou la fragilité de la vieillesse. On y trouve le mot « guérison » quasiment à chaque ligne du rituel. La confiance en Dieu est renouvelée, tandis que les tentations de découragement et d'angoisse s'éloignent. Je peux en témoigner.

Le sacrement des malades est un véritable don offert à tout baptisé qui, « parvenu à l'âge de raison, commence à se trouver en danger pour cause de maladie ou de vieillesse » dit le Code de droit canonique[1]. Il serait dommage d'attendre d'être à l'article de la mort pour le demander. Le recevoir ne fait pas mourir, bien au contraire ! « Ce qui est premier, précisait un jour une journaliste chrétienne, c'est la guérison de l'âme. Si le temps de mourir est venu, la grâce est donnée de vivre paisiblement le grand passage. Mais le Seigneur peut aussi permettre et même hâter la guérison du corps. D'ailleurs, bien des personnes actuellement en bonne santé ont reçu l'onction des malades, parfois à plusieurs reprises, lors de maladies graves dont elles se sont remises[2]. »

---

1. *Code de droit canonique*, Can. 1004.
2. Christine PONSARD, in *Famille chrétienne*, n° 1204 du 10 au 16 février 2001.

Malgré cela, beaucoup trop de membres d'une famille hésitent encore à proposer ce sacrement à celui ou celle qui pourrait en bénéficier. Comme s'il s'agissait de l'antichambre de la mort! Combien de fois ai-je entendu, au téléphone ou dans un couloir d'hôpital : « Cela va l'effrayer... On n'en est pas encore là ! » On reste défiant et circonspect, faute de connaître vraiment ce signe magnifique de la compassion et de la tendresse de Dieu, un trésor que le Seigneur veut donner à ceux qui souffrent, le malade mais aussi son entourage. Car quand Dieu donne, ce n'est pas à moitié.

Joie

On ne peut achever cette partie qu'en évoquant, paradoxalement, la joie. Car l'hôpital a beau être un monde à part, avec ses moments de peine et d'angoisse, il a aussi ses moments de véritable joie. Petites joies simples et modestes, mais joies quand même.

Joie, d'abord, qui nous fait redécouvrir la richesse de choses que l'on considérait comme absolument normales jusqu'ici. Par exemple, après une semaine sans boire ni manger, la première tasse de thé peut s'apparenter à une sorte d'extase. Pourtant, il n'y a rien de très bon à déguster à l'hôpital. Mais entendre le médecin ordonner aux infirmières de passer à un autre régime alimentaire est une nouvelle qui se reçoit avec des transports de joie. À tel point que les premières cuillères de compote ou de yaourt sont avalées un peu comme si on savourait du caviar !

Joie encore d'événements libératoires : quand on retire la sonde naso-gastrique ou la ventilation artificielle, quand on supprime le pied à perfusions, quand on fait la première balade hors de la chambre… autant de signes qui sont de véritables rites de passage puisqu'ils manifestent une étape vers un mieux toujours possible.

Joie enfin, et c'est bien normal, d'apprendre que le séjour prend fin, quand le chirurgien vous annonce qu'il ne fera rien de plus et qu'il se débarrasse de vous. Puisqu'une journée à l'hôpital coûte cher, vous êtes prié d'aller coûter de l'argent ailleurs, chez vous par exemple. Les trois « T » (température, tension, transit) sont stables ; la conclusion logique : dehors « monsieur Amar » !

Le temps de la convalescence commence…

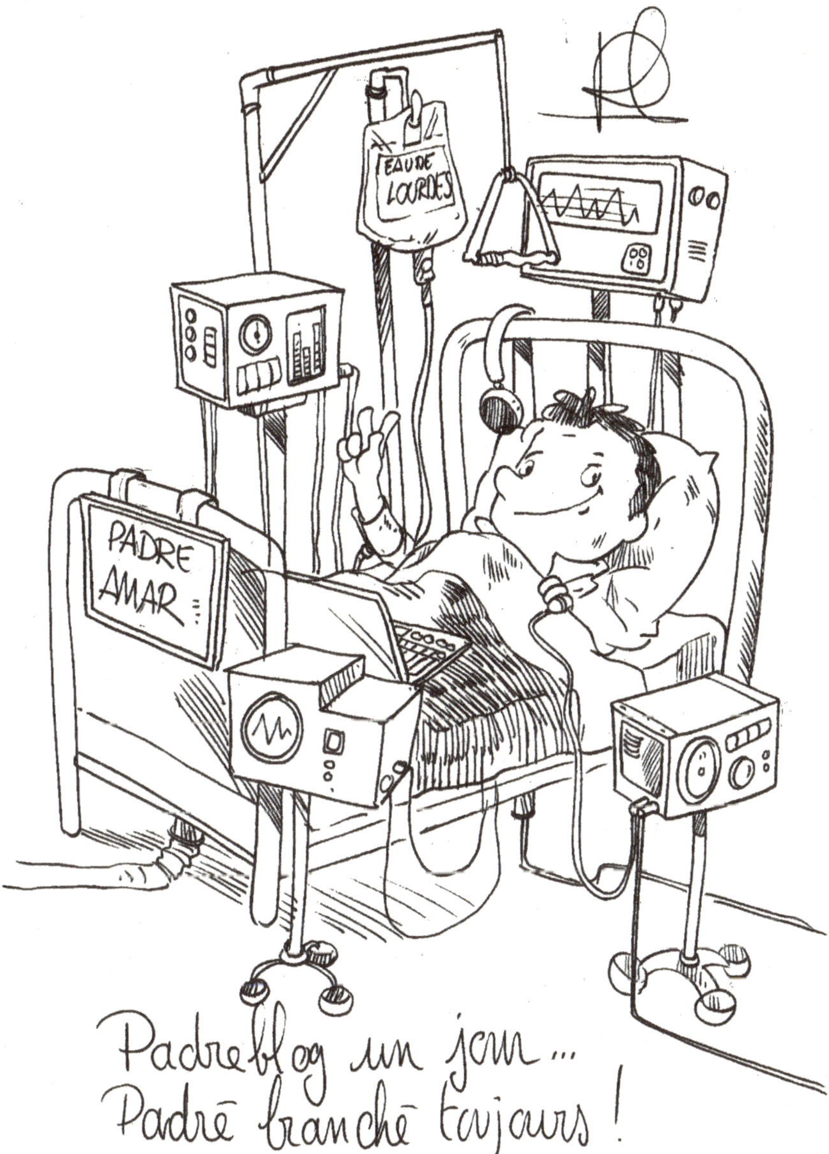

Padreblog un jour...
Padré branché toujours !

III
Après

Quand on va jusqu'au bout de la nuit,
on rencontre une autre aurore.

Georges Bernanos

Le jour d'après

Le meilleur moment à l'hôpital est évidemment le jour où on en sort. Malgré cela, je me souviens d'avoir abondamment pleuré, depuis la fenêtre du taxi, en voyant l'édifice s'éloigner peu à peu. Ce témoin silencieux de tant de souffrances, de tant d'inquiétudes et de tant de dévouements, ne devenait plus qu'un souvenir. La scène est d'une ambivalence absolue : pourtant heureux de sortir, ce n'est pas sans nostalgie ni une certaine mélancolie que je quitte ce lieu où tout est sécurisé, ordonné, aseptisé. Dans ces murs, j'ai exactement passé cinquante jours et quarante-neuf nuits. J'y ai apprivoisé tout le personnel du service, je suis « quelqu'un ». J'ai le sentiment d'être désormais renvoyé anonymement dans la communauté humaine. C'est une erreur : on est toujours le quelqu'un de quelqu'un. Quoi qu'il en soit, me voici sommé de faire comme tout le monde : vivre !

« Et vous James, c'est quoi votre hobby ? » demande (le méchant) Silva à 007 dans *Skyfall*[1]. « La résurrection », répond le meilleur agent de Sa Majesté. J'ai toujours aimé cette réplique qui sort un peu de nulle part parce qu'elle

1. *Skyfall* de Sam MENDES (2012). Dans le film suivant, *Spectre*, toujours de MENDES (2015), on apprend que s'il n'avait pas été agent secret, James Bond aurait été… prêtre !

résume la conviction des chrétiens : notre *hobby* à nous, notre croyance obstinée et joyeuse, c'est notre foi en la résurrection, celle du Christ et la nôtre. L'événement de Pâques proclame deux vérités essentielles : la mort n'aura pas le dernier mot, mais aussi qu'il y aura des retrouvailles avec ceux qui sont partis avant nous.

En attendant, Jésus a mis trois jours pour ressusciter; moi, je vais mettre un an, au moins. Ce 4 octobre 2018, je quitte Percy en me disant que tout est fini. Les mois qui viennent vont cruellement me démontrer le contraire. La période la plus longue commence, celle de la convalescence. À l'hôpital, médecins et infirmières n'ont fait que le nécessaire, c'est-à-dire garantir ce qu'il fallait pour me maintenir en vie : retirer cette tumeur et tout ce qu'elle polluait. En découvrant mes premiers escaliers, mes premiers trottoirs, mon impossibilité de conduire, mon premier lit sans potence, je me rends compte que la résurrection va être longue, très longue.

Avec dix-huit kilos de moins, je flotte dans mes pantalons. J'ai été amputé de certains organes digestifs, mes abdominaux ont été sectionnés deux fois, les nuits sont fort perturbées et le transit chaotique. Je résume ce dernier point en quelques mots ironiques pour mon évêque qui vient une nouvelle fois me visiter : « C'est simple, monseigneur, ma vie intérieure est... catastrophique. »

Il faut ajouter à cela ce qui est moins évident, mais tout aussi douloureux : la violence psychique de ces derniers mois. Le corps a été fortement malmené et l'esprit (même combatif et spirituellement porté) en reste marqué. Prenons garde en croisant des personnes qui sortent de l'hôpital et à qui l'on dit, maladroitement, que « c'est fini ». C'est faux ; rien n'est fini. Les blessures invisibles, inexprimables, imperceptibles, sont longues à cicatriser.

Durant les mois qui viennent, pendant lesquels je vais d'ailleurs écrire ces lignes, je découvre que le temps est décidément le meilleur des médecins. Des rencontres avec certains proches sont aussi fondatrices. Des phrases résonnent en moi et me donnent une énergie nouvelle. Je découvre par exemple cette pensée de Georges Bernard Shaw, le dramaturge irlandais : « J'aime la convalescence, c'est la partie qui fait que la maladie en vaut la peine. » Ou encore celle-ci de Georges Bernanos : « Quand on va jusqu'au bout de la nuit, on rencontre une autre aurore. »

Un autre jour, une jeune fille que j'accompagne spirituellement me fait cette étonnante confidence : « *Padre*, parfois dans la vie on se dit : quand j'aurai du temps, je ferai ça. Pour vous c'est maintenant. » C'est vrai : le Seigneur m'offre du temps pour moi. Certains demandent à pouvoir vivre une année sabbatique. Moi, je l'ai obtenue sans même l'avoir demandée ! À moi de rendre utile et profitable ce temps qui m'est donné. Je prends conscience qu'il m'est toujours possible de donner quatre choses précieuses et gratuites : mon temps, mon affection, mon amour et ma prière. Au détour d'une conversation, dom Paul, le supérieur de la communauté Saint-Martin, discerne pour moi l'enjeu des nombreuses semaines qui s'annoncent : demeurer dans l'être et pas dans le faire. Je réalise que c'est le B. A. BA du sacerdoce.

« Ma Maison »

Présente dans trente-deux pays, la congrégation des Petites Sœurs des Pauvres[1] a été fondée par sainte Jeanne Jugan (1792-1879). À sa suite, près de deux mille « Petites Sœurs » accueillent de nombreuses personnes âgées pour les entourer, les aimer et les soigner jusqu'au terme de leur vie. Elles sont aux avant-postes de la dignité humaine à l'heure où des forces de mort veulent nous faire croire que mourir dans la dignité c'est être achevé d'une piqûre.

« Ma maison » est le nom retenu pour tous les établissements de la congrégation : il y en a cent soixante-seize dans le monde, dont un à Versailles. Les mots ont un sens. L'appellation « Ma Maison » décrit la réalité d'une maison de retraite familiale. Pour cette raison, des chambres sont libres, dans un bâtiment annexe, afin de pouvoir accueillir ponctuellement les familles des résidents. À la demande de notre évêque, les sœurs acceptent de m'héberger dans l'une d'entre elles. Nouvel épisode dans ces mois à multiples rebondissements : j'ai quarante-cinq ans et je vais vivre quatre mois à l'ombre d'un EHPAD[2]…

En réalité, j'ai déjà passé quelques jours dans ces murs. Juste avant la troisième et dernière opération, le chirurgien

1. www.petitessoeursdespauvres.org.
2. Établissement d'hébergement pour personnes âgées dépendantes.

m'avait en effet proposé de reprendre quelques forces à l'extérieur de Percy. Plutôt qu'une hospitalisation à domicile, la solution des Petites Sœurs avait été retenue. Mais une infection m'a vite fait retourner à l'hôpital. La scène est mémorable. Lorsqu'il demande une évacuation par le Samu, Christophe s'entend répondre au téléphone : « Une ambulance pour un patient de quarante-cinq ans? Chez les Petites Sœurs des Pauvres? Attendez… il y a une erreur… Soit sur l'âge, soit sur l'adresse! »

Les résidents de « Ma Maison » m'ont fait énormément de bien sans le savoir. À mon arrivée, mère Gérard, la mère supérieure, me propose de leur écrire quelques lignes que j'intitule : « Avec vous dans "Ma Maison" ».

> Faire partie à 45 ans de la grande famille de « Ma Maison » est un privilège inédit. À l'échelle mondiale, c'est peut-être même un record! Il faudra enquêter… Prêtre du diocèse de Versailles, ayant subi un récent et gros souci de santé, me voici – à la demande de notre évêque et grâce à l'accueil bienveillant de la communauté – en convalescence longue durée chez les Petites Sœurs des Pauvres. Adieu paroisse, scouts à faire grandir, couples à marier, enfants à baptiser, familles à accompagner, messes et obsèques à célébrer, malades à visiter… Désormais, c'est moi le malade qu'on visite! Il n'est pas banal de vivre ainsi au milieu de personnes qui pourraient être mes parents ou mes grands-parents. Et c'est d'abord un immense sentiment de reconnaissance qui monte de mon cœur : merci aux sœurs pour leur maternelle attention et merci à vous, résidents des

lieux, pour votre accueil. Sans connaître tout le monde, je m'amuse de vos regards interrogatifs et de vos sourires complices. Mais je suis surtout profondément touché par ce qui nous rassemble : l'expérience commune de la fragilité, de la dépendance et de l'abandon. À la messe quotidienne, où beaucoup d'entre nous puisent des forces, je ne cesse de penser à tout cela et de parler de nous tous au Seigneur, moi qui suis par un privilège inouï tout près de son autel.
Comme beaucoup d'entre vous peut-être, je me demande à quoi je sers désormais, ayant le sentiment d'une profonde inutilité. J'ai encore tant de mal à marcher, à lire, à me tenir debout et droit longtemps, à manger (et digérer !) convenablement, à dormir sans insomnies… Bref, tous ces petits tracas de la vie que n'importe quel résident de « Ma Maison » connaît bien !
Quand ce sentiment d'inutilité monte de mon cœur, je me redis alors que toute vie donnée a du sens. Et qu'il n'y a pas d'âge pour cela. Quoi qu'il arrive, même bloqué au lit ou dans un fauteuil, je peux faire trois belles choses que personne ne pourra faire à ma place : offrir, prier, sourire !
La redécouverte de la vie de sainte Jeanne Jugan m'a permis de réaliser que cette petite trilogie était un peu comme son programme de vie, le tout vécu dans une humilité dont elle seule avait le secret. Finalement, la Providence fait bien les choses : il fallait cette pause forcée pour redécouvrir tout cela, en plus du témoignage des Petites Sœurs qui sont l'âme de notre

maison. Je rends grâce pour leur vocation et, quand l'heure du retour dans le ministère paroissial sonnera, j'espère devenir pour elles un bon agent de recrutement ! Pour la communauté, c'est en quelque sorte un « retour sur investissement ». P. Amar +

Sur place, sœur Juana, d'origine espagnole, s'occupe de moi et assiste à mes trop lents progrès. Je suis touché par son attention maternelle, alors qu'elle n'a pas d'enfants. Finalement, les religieuses sont comme nous. Célibataires consacrées, elles sont appelées à exprimer leur fécondité autrement. Qui dira que Mère Teresa n'a pas rayonné d'une réelle maternité, véritable mère d'une autre façon d'être mère ? Elle est un exemple d'amour inépuisable, entièrement dévoué et offert dans la joie. Sa fécondité a dépassé les frontières. Même après sa mort, elle continue de faire du bien au moyen des « Missionnaires de la charité », la congrégation qu'elle a fondée.

Sœur Juana me fait également découvrir le charisme de sa communauté et me distrait en me racontant la formation qu'elle est en train d'achever. Pour être à même de diriger un jour un EHPAD, elle passe en effet un Master 2 en « Droit de la gestion des établissements sanitaires, sociaux et médico-sociaux ». Dans ce cadre, pour sa soutenance de mémoire, elle est amenée à présenter un business plan. Problème : les Sœurs n'ont ni salaire, ni revenus fixes. Elles vivent de la quête pour créer, entretenir et gérer leurs maisons pour le confort des résidents. Pour équilibrer son budget, sœur Juana ajoute donc le plus naturellement du monde une ligne dans son tableau Excel avec un intitulé bien à elle : « Providence ». Réaction intriguée du jury qui refuse le document : la Providence ne fait pas partie des plans comptables ! « Mais comment pouvez-vous vous organiser comme cela ? lui répond-on. C'est un modèle économique absolument impossible et non pérenne. » Réponse sereine de la sœur, avec son accent espagnol inimitable : « No pérenne ? Ma ça fé dé centes ans qué nou fonctionnons comé ça ; ça fonctionne tré bienne, au contraire ! » Le jury doit s'incliner…

C'est bon ça !

Les bourreaux n'existent plus. Et pourtant, il reste encore des gens dont le travail est de faire souffrir les autres. Ils sont même payés pour ça ! Trois fois par semaine, les kinés Simon et Samuel, deux prénoms bibliques, vont animer mes séances de résurrection progressive.

On commence modestement… et tant mieux. Pour dégager les alvéoles des poumons, le premier exercice consiste à expirer et inspirer de plus en plus fort dans un tube afin de soulever des billes de poids différents. C'est désagréable mais assez drôle. Je me prends au jeu. Puis ça se complique : il faut sortir du lit pour faire des longueurs dans le couloir, comme un nageur ferait plusieurs longueurs de piscine. Autant le reconnaître : ces exercices ne sont pas très bons pour le moral. Je marche comme un petit vieux et tout, absolument tout, est difficile : se lever, s'asseoir, sortir du lit, monter les marches… Les progrès sont extrêmement lents et le découragement réel. Simon me propose de jeter un coup d'œil en arrière : comment étais-je il y a quelques semaines ? La comparaison est juste et je prends conscience que j'avance lentement, mais j'avance. Mes gémissements et mes rictus de douleurs sont ponctués par les exclamations amusées de Samuel : « C'est bon ça, hein ? » Je crois que j'ai parfois cordialement détesté cet homme et que je l'ai secrètement accusé de sadisme. Faire du mal pour faire du bien : c'est quand même paradoxal, non ?

Peu à peu, les exercices deviennent plus dynamiques. Un matin, je réclame à Samuel de mettre un peu de musique. Et nous voilà à enchaîner les squats et autres mouvements sur la musique de Rocky III, « *The Eye of the Tiger* », puis sur celle d'Europe : « *The Final Countdown* ». Chez les Petites Sœurs des Pauvres, on n'a jamais entendu ça. Une résidente, octogénaire, se joint à moi. Nous assistons à un *remake* de *Sister Act :* ambiance !

« Qui donc me délivrera de ce corps qui m'entraîne à la mort ? » écrit saint Paul[1]. Elle est curieuse et singulière cette expérience où je découvre ce hiatus entre la tête et le corps : la tête propose, mais le corps dit non très vite, trop vite. Les promenades quotidiennes progressives sont une belle leçon de patience. Chez les Petites Sœurs des Pauvres, je fais d'abord le tour du cloître, puis celui du bâtiment, puis celui du quartier. J'écris cela en deux lignes, mais la réalité est tout autre ; cela prend des mois. Il en va de la convalescence comme de la vie : rien n'est linéaire. Il y a des hauts et des bas, l'autosuggestion joue à plein. Comme les navigateurs, il faut se dire que même si l'on se sent au creux de la vague, cette vague n'est pas la même qu'hier. Et que l'avancée est réelle.

Saint Paul est l'étrange compagnon de cette période laborieuse. Je me répète cet extrait de sa Deuxième Lettre aux Corinthiens dans lequel il confesse un mal mystérieux et semble-t-il chronique dont il souffre : « J'ai reçu dans ma chair une écharde [...] pour empêcher que je me surestime.

1. Rm 7,24.

Par trois fois, j'ai prié le Seigneur de l'écarter de moi. Mais il m'a déclaré : "Ma grâce te suffit, car ma puissance donne toute sa mesure dans la faiblesse." C'est donc très volontiers que je mettrai plutôt ma fierté dans mes faiblesses, afin que la puissance du Christ fasse en moi sa demeure[1]. » Qu'aurait-il encore fait de plus s'il avait été en bonne santé permanente ? Son zèle pour le Christ donne déjà le vertige. De quoi pouvait-il bien souffrir, lui l'évangélisateur infatigable ? Personne ne saura jamais et c'est finalement préférable. Car ainsi, tout le monde peut s'identifier à saint Paul.

La faiblesse, c'est la perte de contrôle : personne n'aime ça. Suractif et impétueux, ce natif de Tarse n'a pas dû apprécier non plus. Mais il arrive à cette conclusion salvatrice et pleine d'espérance : « Lorsque je suis faible, c'est alors que je suis fort[2] », car le Seigneur permet la faiblesse non pas pour agir pour nous, mais à travers nous.

1. 2Co 12,7-9.
2. 2Co 12,10.

Au soir de cette vie

Il est une autre faiblesse que je découvre chez les Petites Sœurs : celle de la vieillesse et du grand âge. D'ici 2050, le nombre des plus de quatre-vingt-cinq ans va tripler en France pour atteindre presque cinq millions de personnes. Bien sûr, tout le monde ne devient pas dépendant en vieillissant, mais 40 % des personnes qui décèdent aujourd'hui ont connu une perte d'autonomie. Donc le phénomène est loin d'être marginal. Et il a ou aura un coût non négligeable.

« Ma Maison » héberge une petite centaine de personnes dont la plupart sont en perte d'autonomie. J'apprends même sur place que cette perte fait l'objet d'une classification, de un à six, du plus lourd au plus faible. J'avoue avoir effectué des classifications dans ma tête, en croisant l'un ou l'autre des résidents.

Des confrères et des amis ont cru bien faire en me plaignant d'aller vivre « chez les vieux ». Il me faut pourtant admettre que j'ai particulièrement apprécié ce séjour. Peut-être aussi parce que je savais qu'il ne durerait pas ? L'expérience de cohabiter avec des personnes qui avaient l'âge d'être mes parents, voire mes grands-parents, a été particulièrement riche. J'y entrevois même une grâce qui m'a permis de réaliser certaines choses, une sorte de formation permanente, toujours utile pour un prêtre.

Le ministère sacerdotal nous fait naturellement aller vers les jeunes : d'abord comme jeune prêtre – les premières années –, mais aussi et surtout parce qu'ils sont l'avenir de nos communautés. Si l'on est en bonne santé, le risque est grand de ne pas se voir vieillir. Je connais des prêtres qui ont plus de soixante ans et qui participent encore aux JMJ, à des goums[1], à des camps scouts ou des marches vers Saint-Jacques-de-Compostelle ! Tant mieux pour eux… même si je m'interroge sur une tentation de jeunisme et le danger qu'ils deviennent ces « vieux beaux » dont, jeune étudiant, je m'amusais.

Quoi qu'il en soit, la jeunesse est un défaut dont on se corrige tous les jours imperceptiblement, et pour cause. En côtoyant toutes ces personnes qui en sont à l'automne de la vie, je ne peux m'empêcher de me projeter : un jour, je serai comme elles. Un jour aussi, elles ont été en bonne santé. Au fil des rencontres et des discussions à table, j'expérimente la vérité de ce vieux dicton : « Si jeunesse savait, si vieillesse pouvait ! » Semaines après semaines, les confidences se font plus nombreuses. Vivre en maison de retraite, me confie Nicole, l'une des résidentes, c'est avant tout se soumettre à toutes sortes de diktats : les médicaments qu'on ne contrôle plus, les repas qu'il faut avaler sans conviction, les rendez-vous médicaux dont on n'a pas été prévenu, les toilettes et les bains où la pudeur est balayée d'un coup de serviette, etc. Sans compter le verbe attendre, conjugué à tous les temps, mais principalement à l'impératif. Et elle

1. Fondées par Michel Menu (1916-2015), ces marches physiques de plusieurs jours dans le désert allient dépouillement, méditation personnelle et vie fraternelle. Plus d'informations sur www.goums.org.

ajoute : « Nous devenons des D-ambulants : dépendants, démissionnés, démobilisés, déresponsabilisés, démoralisés, désinvestis personnellement, désenchantés, déroutés... » Que de « D » !

En plus de la dépendance, il faut ajouter cette difficulté quotidienne de vivre sous le même toit en supportant des personnes que l'on n'a pas choisies, dont les milieux sociaux, les éducations, les souffrances et les âges sont si différents. Demeure aussi la terrifiante banalité de journées interminables qui se résument le plus souvent à manger et à dormir. D'ailleurs, certains résidents me confient avoir l'impression de n'avoir qu'un seul devoir : manger sans faire d'histoire et dormir sans faire de bruit. Le syndrome de l'abandon est réel et, contrairement à ce que l'on pourrait penser, c'est plus souvent la famille qui prend ses distances la première.

Comme à l'hôpital, je découvre la puissance d'une parole gentille, d'un geste et d'un sourire. Je regrette de n'en avoir pas donné assez, étant moi-même bien faible ! Au milieu de tant de détresses, il faut redire combien les Petites Sœurs sont comme l'âme de la maison. Avec la messe quotidienne, l'adoration eucharistique, le chapelet, les offices... elles permettent surtout l'ouverture d'horizons nouveaux. Car pour les résidents qui ont encore leurs facultés mentales, une culture religieuse ou une foi réelle, le secours de la religion est très aidant. Mais je constate que si on a peu prié quand on était jeune, on ne s'y met pas vraiment quand on est vieux. On finit alors devant sa télé, à attendre que le temps passe...

Pour affronter tout cela, Nicole me confie une lecture qui lui a fait énormément de bien : *Découvrir un sens à sa vie*, du psychiatre Viktor Frankl[1]. Rescapé des camps de concentration, Frankl propose trois voies pour prendre ou reprendre sa vie en main, surtout quand on doit faire face à l'adversité ou à la souffrance : la voie de l'accomplissement, la voie de l'amour et la voie de la transcendance. La première vise à réaliser la mission ou l'œuvre pour laquelle on est fait. La deuxième suggère d'établir des liens significatifs en favorisant le contact avec la nature et l'art. La troisième invite à adopter une attitude positive face à la mort et aux inévitables souffrances de la vie. En plus de Frankl, il y a certainement un véritable intérêt à méditer la « Lettre aux personnes âgées » du pape Jean-Paul II[2]. Publié six ans avant sa mort, ce document fait mieux comprendre pourquoi ce pape atteint de la maladie de Parkinson n'a pas eu peur de montrer sa vieillesse et sa déchéance devant les caméras du monde entier. Sa dernière apparition publique, pour une bénédiction muette, le 27 mars 2005, fut un moment particulièrement émouvant. Ne pouvant plus parler, le visage marqué par la souffrance, le pape s'exposait. C'est sans doute l'une de ses plus grandes prédications : en rappelant au monde la place de la fragilité, il affirmait le caractère infiniment digne de toute vie humaine.

Avec les personnes âgées, il faut du temps. Or, les résidents de « Ma Maison » en ont. Et moi aussi. En les écoutant, je suis marqué par deux choses : la fécondité de leurs vies et la violence de leurs luttes intérieures.

La fécondité se découvre en dénouant le fil des vies et des parcours. Soit par nos rencontres, soit à l'occasion

---

1. Dr Viktor FRANKL, *Découvrir un sens à sa vie*, Éditions de l'Homme, 2013.
2. JEAN-PAUL II, « Lettre à mes frères et sœurs âgés », 1er octobre 1999.

d'obsèques (quatre résidents décèdent durant mon séjour), je me rends compte que le XXe siècle est décidément riche en bouleversements de toutes sortes. Ces personnes les ont affrontés avec une volonté et une ténacité qui forcent l'admiration. Toutes avec un seul but : donner et transmettre. Certes, les mêmes petites histoires reviennent… Mais je ne peux m'empêcher d'être ému lorsque je vois les yeux qui brillent, les cœurs qui s'échauffent et les voix qui tremblent à l'évocation d'un conjoint, des neveux et nièces, des enfants, des petits-enfants ou des arrière-petits-enfants. J'en prends conscience au cours des obsèques de Geneviève V., une grand-mère veuve très tôt et que je connais depuis quelques années. Le jour de la messe d'enterrement, ses enfants et petits-enfants se succèdent au micro. Sans la canoniser, ce qui est rare dans ces situations-là, un simple mot est sur toutes les lèvres : « Merci. »

Mais l'automne de la vie est aussi une période de grand combat spirituel : une âme est en jeu, la Rencontre est proche, le choix définitif imminent. C'est l'heure des bilans, des angoisses, des scrupules, peut-être exacerbés par des décennies de catéchisme où on a beaucoup parlé de justice et pas assez de miséricorde. Toute une époque… qui avait aussi ses qualités car on n'y avait pas peur de dire que l'enfer existe et qu'il n'est pas vide. À un résident qui me fait remarquer que, mort à trente-trois ans, Jésus n'a pas connu la vieillesse, je réponds qu'il a tout de même connu le combat spirituel, l'angoisse de l'agonie et la solitude. Et pour calmer sa crainte de ne pas être sauvé, je lui partage cette conviction : l'arbre finit toujours par tomber du côté où il penche. Personne ne va en enfer par hasard.

Vous me tenez, hein ?

Beaucoup de nos compatriotes se souviennent certainement que, durant l'année 2013, un prêtre français avait été enlevé par les islamistes de Boko Haram, à la frontière du Nord Cameroun et du Nigeria. Prêtre du diocèse de Nanterre, le père Georges Vandenbeusch avait été retenu sept longues semaines comme otage, avant d'être libéré et rapatrié en France au lendemain de Noël. Sa libération fut une grande joie pour tous, plus particulièrement pour ses frères prêtres ! J'ai eu la chance de connaître un peu le père Georges avant cet épisode et surtout de vivre un moment privilégié avec lui, à l'issue de cette redoutable expérience qui l'a certainement révélé à lui-même.

« Je ne me suis jamais autant ennuyé… rien à lire, rien à faire, retenu sous un arbre et assis sur une bâche de deux mètres sur trois », nous confie-t-il au cours d'un bon dîner. Lorsque l'un d'entre nous lui fait remarquer « qu'au moins, il a eu le temps de prier », quelle n'est pas ma surprise de le voir répondre par la négative. Non, en réalité, il a peu prié… Un peu, bien sûr, mais pas tant que ça. Seul le chapelet et ses mystères lumineux a été son compagnon inédit. J'avais été assez étonné de cette confidence, me promettant – lorsqu'il m'arriverait d'être otage (!) – de vivre les choses différemment.

Cinq ans après le père Georges, je suis devenu moi aussi otage… de mon propre corps. Et la vérité m'oblige à confesser que durant ces longs mois, j'ai le sentiment d'avoir peu prié alors que j'en avais le temps. La douleur paralyse beaucoup d'envies : celle de nourrir le corps, mais aussi celle de nourrir l'âme.

La vie spirituelle du prêtre est comme un édifice qui repose sur quatre piliers quotidiens : la messe, le bréviaire, le chapelet, l'oraison. La fidélité à ces quatre rendez-vous de prière rejoint l'expérience de tous les chrétiens : selon les jours, c'est tantôt un combat, tantôt une joie. Mon édifice intérieur a été ébranlé par l'hospitalisation et la lente convalescence. Pendant plusieurs mois, impossible de célébrer la messe, de me concentrer sur les psaumes du bréviaire ou de vivre un cœur à cœur prolongé avec l'Hôte intérieur.

Deux seules choses sont restées. Le chapelet d'abord, récité quasiment tous les jours et même en réanimation, comme une respiration, source d'une force singulière. Depuis mes années d'étudiant en droit, il est une de mes prières préférées. J'y ai été initié par mon grand-père maternel qui récitait le rosaire (trois chapelets!)… tous les jours. Curieuse dévotion qui consiste à répéter cinquante fois la même formule, en méditant de façon plus ou moins réussie un épisode de l'Évangile. Le chapelet est une prière redondante – c'est le moins que l'on puisse dire –, une sorte de « mantra chrétien » qui nous conduit à Jésus en passant par le cœur de Marie. Ce « détour » vaut la peine. Prière de pauvre pour les pauvres, le chapelet n'oblige pas à être un grand spéculatif et garde celui qui le récite dans l'humilité et l'abandon.

D'autres petites dévotions quotidiennes me viennent aussi, cette fois, de ma propre mère. On méconnaît le redoutable pouvoir de transmission des mamans. C'est avec elles que l'on apprend les valeurs de la vie. C'est sur leurs genoux que la foi se transmet. Je suis mystérieusement resté fidèle, comme machinalement, à ce que d'aucuns appelleraient des « prières de bonne femme », même à l'hôpital. Il s'agit d'un ensemble de prières que je connais par cœur, dont la liste précise restera intime. Qu'il me soit simplement permis d'évoquer ici ma prière de gosse à mon ange gardien, pour me lever le matin et me coucher le soir… J'en suis certain : depuis ma plus tendre enfance, j'ai pour veiller sur moi un ange de compétition. Je veux lui rendre hommage par ces lignes car, avec moi, il a du boulot !

Avec la communion eucharistique à la « sainte pipette » du *Padre*, le chapelet et mes quelques prières par cœur et par le cœur, je n'ai pas prié grand-chose d'autre. Offert, oui, mais peu prié.

Le paradoxe est donc entier. Alors que l'inaction physique pourrait justement permettre de prier plus facilement, alors que s'éloigne le rythme trépidant du monde, il reste un gouffre entre ce qu'on aimerait faire et ce qu'on fait effectivement. J'étais incapable de prier plus, j'avais tout simplement trop mal. Pardon, cher père Georges, de t'avoir trop vite jugé ! J'aurais voulu moi aussi prier plus, offrir plus, rayonner plus… La prochaine fois peut-être ?

Mais qu'est-ce que la prière sinon la respiration de l'âme ? Et c'est là qu'il me faut timidement évoquer une seconde expérience vécue durant toutes ces semaines : une sorte de compagnonnage spirituel, une incompréhensible respiration… à deux. Tout cela reste encore obscur et étrange. Les mots sont tellement limités : comment exprimer l'inexprimable ? Me vient alors ce souvenir d'enfance. Lorsque, petit garçon, j'ai appris à nager, les leçons de natation me terrorisaient. Le maître-nageur se servait alors habilement d'une barre en métal pour me guider depuis le bord de la piscine. Je me souviens d'avoir poussé vers lui des cris d'angoisse et de terreur : « Vous me tenez, hein ? » Ma nage dans les eaux troubles de la faiblesse, de l'abandon et de la dépendance fut de cet ordre-là. Comparer le Seigneur à un maître-nageur (!) est certainement un peu audacieux, mais comment exprimer cette impression d'avoir senti que quelqu'un me guidait fermement ? Que le cœur à cœur devenait une sorte de main dans la main ? Je ne priais plus, c'est Dieu qui prenait le relais et priait en moi. On me prendra pour un illuminé… qu'importe ! C'est ce que j'ai vécu : je ne souhaite pas en dire plus, non parce que je ne le veux pas, mais parce que je n'y parviens pas.

Voyages, voyages

Il faudra vérifier cette thèse auprès d'autres convalescents : je soutiens en effet que l'immobilité forcée provoque ensuite, logiquement, une frénésie de mouvement. Du moins dès que les déplacements sont possibles.

Ma première sortie se fait en fauteuil roulant. Le soir du 21 octobre, des amis m'emmènent au spectacle nocturne « Dame de Cœur » sur le parvis puis dans la cathédrale Notre-Dame-de-Paris. Fatigué mais follement heureux de sortir, j'expérimente pour une seule soirée ce que vivent les personnes à mobilité réduite. Le fauteuil roulant est un bien étonnant gyrophare qui donne l'impression d'être un VIP : sur mon chemin, les gens s'écartent, les policiers font circuler, je suis installé aux premières places… Pour moi, l'expérience est distrayante, car je sais que je sortirai un jour de ce fauteuil. Pour d'autres, c'est leur vie, faite de trois soucis à subir quotidiennement.

Le premier souci peut sembler mineur : le torticolis ! Qui pense à s'accroupir lorsqu'il parle à une personne en fauteuil roulant ? À se mettre à son niveau ? La rencontre nécessite pourtant le regard. En fauteuil, on a la curieuse impression de ne voir que des girafes ou des enfants.

Les délais, bien plus longs, sont un autre souci. Il faut anticiper en permanence, ne rien oublier. Cela entraîne un épuisement mental ainsi qu'une angoisse constante qu'il faut gérer.

Le manque de liberté est un ultime tracas, plus humiliant. En fauteuil, choisir et vouloir n'est pas toujours possible. Vous vouliez tourner à gauche ? Votre accompagnateur tourne à droite, sans vous poser de question. On n'est maître de rien, il faut subir et quand la fatigue est là, c'est encore plus dur. La dépendance révèle un sentiment d'infériorité difficile à vivre. L'impression d'être un poids pour l'autre est omniprésente. De nombreux mois plus tard, Marie-Caroline, une jeune femme en fauteuil, me donnera la clé pour en sortir : toute vie, même diminuée et fragile, est un cadeau. Ce n'est pas la personne handicapée qui est un fardeau, c'est son handicap.

Le deuxième voyage n'est pas raisonnable du tout : Paray-le-Monial, en Bourgogne, pour le rassemblement annuel de plus de mille guides d'Europe. Ambiance garantie ! Christophe m'interdisant d'y aller en voiture et seul, Papa accepte de faire l'ange gardien. Il en profite pour voir ses petits-enfants qui n'habitent pas très loin. Je me force à sourire à toutes, porté par la joie et le sourire de ces jeunes filles qui ne désirent qu'une seule chose : devenir des saintes ! Avec elles, impossible d'oublier qu'on est prêtre ou de penser que le sacerdoce est une chose inutile. Je rentre épuisé, mais tellement heureux, touché aussi des multiples attentions dont j'ai fait l'objet. Plus que jamais, je prends vraiment conscience que la fragilité est une école d'humanité. Elle nous empêche d'être égoïstes, nous oblige à sortir de nous-mêmes et à témoigner de l'amour.

Vient ensuite un séjour réconfortant à la montagne, près de Briançon, dans le chalet si chaleureux d'une famille amie. La montagne, lieu d'immensité où il fait bon prier, me fait le plus grand bien. Puis je participe à une retraite de prêtres à Lourdes et à un pèlerinage à Rome. Ces deux destinations sont chargées d'émotion. À Lourdes, sanctuaire des malades, je retrouve la présence maternelle de Marie dont l'image ne m'a pas quitté à l'hôpital. Devant la grotte de Massabielle, vers laquelle je marche chaque jour péniblement, je me surprends à remercier Marie pour tout, y compris – c'est complètement paradoxal – pour cette épreuve qui me fait grandir. Pour la première fois, je reconnais qu'il existe deux sortes de douleurs : celles qui font juste mal et celles qui nous changent.

Le pèlerinage à Rome est une autre expédition. Inscrit de longue date à cet événement souhaité par notre évêque, puisqu'il y a invité tous les prêtres du diocèse, je me suis résigné à ne pas y participer. La fatigue est en effet toujours bien présente. Heureusement que je ne l'ai pas écoutée car les organisateurs font tout pour faciliter mes repas, mon logement, le programme ou les déplacements. Après Marie, j'ai donc rendez-vous avec saint Pierre et ses successeurs. La messe que nous célébrons tous ensemble devant la tombe du premier pape est particulièrement fervente. Mais j'attends surtout d'aller prier « en tête-à-tête » avec Jean-Paul II, du moins sur sa tombe. Cet homme... c'est mon pape. Son image m'a accompagné jusqu'en salle de réanimation.

Le 27 avril 2014, avec une génération entière de prêtres, j'ai assisté à sa canonisation place Saint-Pierre. Pour rien au monde, je n'aurais manqué la glorification de celui que je considère comme mon père. Parce que quatre millénaires plus tard, Jean-Paul II peut reprendre à son compte la promesse biblique : comme Abraham jadis, il est lui aussi « père d'une multitude ».

La génération Jean-Paul II a aujourd'hui la quarantaine passée. Éblouie par la figure du pape polonais qu'elle a connue vaillant, prophète de l'espérance et témoin infatigable, elle a aussi communié à son long et pénible déclin dans la maladie. En avril 2005, nous avons pleuré un père. Pour autant, je ne suis pas nostalgique. Avec tous mes confrères, j'ai successivement reçu avec joie les enseignements lumineux de Benoît XVI. Puis, nous nous sommes rués comme un seul homme derrière le pape François en prenant pour nous ses nombreux appels à la conversion des cœurs. Il est vrai que l'engouement médiatique dont bénéficie le pape argentin n'est pas sans nous rappeler Karol Wojtyla. Mais les deux hommes sont bien différents et François a son propre style. Un jour viendra où lui aussi transmettra le flambeau, en renonçant à sa charge ou en s'y tenant jusqu'au bout, si ses forces le lui permettent. Un autre serviteur sera appelé. Les papes passent, l'Église reste.

« *The show must go on* », dira l'adversaire. Rien de tout cela, réplique la génération Jean-Paul II. Car la gloire d'un père est toujours dans sa postérité, lorsque ses enfants prennent sa suite et marchent sur ses traces. Ce chemin est à la fois simple et exigeant, il s'articule sur une trilogie que je connais par cœur : « N'ayez pas peur », « Entrez dans l'espérance », « *Totus tuus* » (tout à toi). Des mots que saint Jean-Paul II lègue à ceux qui se revendiquent ses héritiers, sans triomphalisme aucun. Lucides, nous savons que nous sommes peu nombreux en Europe et que ce monde nous regarde parfois avec gentillesse, souvent avec indifférence.

Cela fait longtemps que le sacerdoce n'est plus un statut. Il faut avoir de bonnes raisons pour être prêtre… et le rester ! De bonnes raisons ? Mais notre clergé en a ! Et elles sont nombreuses ! Qui dira aux hommes qu'ils sont aimés à la folie par un Dieu qui a donné son Fils pour les sauver ? Le progrès technique nous conduit-il vers plus d'humanité ? Quel avenir est possible si tout est relatif, achetable, discutable et négociable, y compris des valeurs essentielles comme la filiation ou le droit à la vie ?

Disciple d'un pape orphelin à vingt ans, qui a affronté successivement deux totalitarismes, le « clergé Jean-Paul II » est enfin complètement décomplexé. Quand il parle, il ne se demande jamais s'il va plaire : il proclame ce qu'il sait être vrai. Un indice intéressant est qu'il n'envisage de déployer son sacerdoce que revêtu d'un col romain, parfois même d'une soutane. Une sorte de tenue de service, presque une charte graphique (!) qui a l'immense avantage de rappeler quelque chose avant même que l'intéressé ait pris la parole. Rares et bien occupés, les prêtres quarantenaires ne s'excusent pas d'être des ecclésiastiques : « Je suis prêtre, et alors ? »

Certains se demandent comment on peut être heureux dans le célibat volontaire en travaillant sept jours sur sept, surtout le dimanche. Oui, nous sommes des prêtres heureux et nous sommes heureux d'être prêtres. Certes, il nous arrive de nous interroger sur le choix de Dieu. « Pourquoi moi ? » Alors, nous pensons à cet homme qui ne pensait certainement pas devenir pape lorsqu'il a été ordonné prêtre en 1946. Comme nous, il a entendu un appel : « Viens et suis-moi. » Et quand tu le feras, n'aie pas peur !

Retour en paroisse

La condition d'un retour en paroisse était la fin des soins. Celle-ci tombe fin décembre, avec la confirmation qu'il n'y aura pas de chimiothérapie. Le soulagement est immense. Mais la réalité est toujours là : s'il est bon de remettre un pied dans le ministère, celui-ci ne peut se faire que progressivement, en tenant compte de la fatigue générale et en suivant un protocole alimentaire assez strict.

L'évêque m'envoie comme « prêtre en renfort » dans un presbytère de ville où la vie fraternelle est notoire et la cuisinière réputée. C'est exactement ce qu'il faut pour entamer ma nouvelle vie qui se décline en trois verbes : prier, dormir, grossir. C'est d'ailleurs ainsi qu'on annonce ma venue aux paroissiens. L'un d'eux ne manque pas d'humour et me fait remarquer qu'en abrégé, cela donne… PDG !

L'arrivée est rude. Chez les Petites Sœurs des Pauvres la fatigue n'était pas visible : tous les résidents sont fatigués. Or, le presbytère où je dépose mes valises est un vrai tourbillon, les prêtres y sont particulièrement actifs, les paroissiens très engagés. Leur rythme met en valeur mon inaction et mon incapacité à les suivre. « Avance lente ! » : les capitaines de bateaux ont paraît-il l'habitude de donner cet ordre afin de sortir du port sans encombre et d'affronter la haute mer. Le navire est alors enjoint de s'avancer avec précaution, sans forcer les machines et en prenant garde aux obstacles disséminés autour de lui.

En « avance lente », j'ai droit à de sempiternelles remarques de mes parents ou de mes confrères, soulagés mais vigilants : « Tiens-toi droit ! » ; « Ne va pas trop vite ! » ; « Tu as pris des kilos ? » Il me faut très vite m'imposer une petite règle de vie pour ne pas me laisser aller, avec des heures fixes de coucher et de lever, des temps de repos, de gymnastique, de marche, de prière, etc.

Combien de temps cette vie au ralenti va-t-elle durer ? Quand pourrai-je retrouver ma paroisse, mon « épouse » ? Serai-je à nouveau curé ? Et où ? Impossible de faire taire ces petites voix intérieures. Cette incertitude est usante et quotidienne. J'essaie de faire mienne cette prière que la sœur de Louis XVI récitait tous les jours : « Que m'arrivera-t-il aujourd'hui, ô mon Dieu, je l'ignore. Tout ce que je sais, c'est qu'il ne m'arrivera rien que vous n'ayez prévu de toute éternité. Cela me suffit, Seigneur, pour être tranquille[1]. »

Le jour de mon ordination, il y a dix-sept ans, j'ai signé un véritable chèque en blanc au Seigneur. Allongé sur le sol, livré à son amour, je lui ai dit : « Oui Seigneur, je te suis. » Et lui m'a pris au mot : me voilà embarqué dans la même grande aventure que lui.

Sans doute pour que je puisse montrer le chemin aux autres.

---

1. Le texte complet figure en page suivante. Madame Élisabeth fait actuellement l'objet d'un procès en béatification. Durant ma convalescence, j'ai pris plaisir à écrire un spectacle pour faire découvrir sa vie : *Princesse de cœur, Élisabeth de France, sœur des derniers rois*, à paraître prochainement.

Prière

Que m'arrivera-t-il aujourd'hui, ô mon Dieu ?
Je l'ignore.
Tout ce que je sais,
c'est qu'il ne m'arrivera rien
que vous n'ayez prévu de toute éternité.
Cela me suffit, ô mon Dieu, pour être tranquille.

J'adore vos desseins éternels,
je m'y soumets de tout mon cœur.
Je veux tout, j'accepte tout,
je vous fais le sacrifice de tout
et j'unis ce sacrifice à celui de votre cher Fils,
mon Sauveur,
vous demandant,
par son Sacré-Cœur et ses infinis mérites,
la patience dans nos maux
et la parfaite soumission qui vous est due
pour tout ce que vous voudrez et permettrez.

Amen.

Conclusion

« Alors, tu n'es pas mort ? » La question fuse, posée quelques jours après Noël par ma grand-mère qui me fait un clin d'œil au passage. Je ne manque pas d'éclater de rire : elle est âgée de cent sept ans et elle est en pleine forme ! La mort ? Oui, j'y ai pensé. Elle aussi, la sienne assurément… et tous les jours.

Dans ce monde où tout va très vite et dans lequel on doit être performant pour exister, je me suis brutalement retrouvé assis au bord du chemin, en attendant que quelqu'un veuille bien me tendre la main pour repartir. Cette épreuve m'a cassé physiquement et continue de le faire, en me clouant par la faiblesse. Elle m'a aussi cassé intérieurement, par l'humiliation des traitements qui peuvent anéantir si l'on oublie l'essentiel : on est toujours aimé de Dieu.

J'ai également mieux compris combien le cœur à cœur avec Jésus est vital mais aussi combien l'affection et le soutien de tous est nécessaire pour se reconstruire physiquement et moralement. Une affection pure, aimantée par Dieu, bien peu vécue par les humains. Inexplicablement, je me sens encore plus prêtre et encore plus humain qu'avant. Des entraves empêchaient jusque-là la grâce d'agir en moi. Je reconnais que c'est à ces mois de faiblesse et de souffrance que je dois d'en être libéré.

Dans *Monsieur le curé fait sa crise*, le regretté Jean Mercier dessine avec bonheur la vie trépidante des prêtres d'aujourd'hui[1]. L'auteur m'avait fait l'honneur de m'envoyer son manuscrit pour que je lui donne mon avis de prêtre de terrain. Je l'avais dévoré d'un trait, bouleversé par ce récit de notre vie d'homme-orchestre, « couteau suisse de la pastorale » souvent malmené par la lourdeur du quotidien paroissial. Ces mois écoulés ont été une chorégraphie quotidienne, dans laquelle j'ai successivement endossé de nombreux rôles, quasiment tous ceux du monde du spectacle : spectateur, acteur, producteur, scénariste, chroniqueur… J'ai été là, plus ou moins conscient, plus ou moins courageux, plus ou moins paresseux et j'ai regardé le monde tourner autour de moi. J'ai aussi regardé l'effet que je produisais chez les autres, ce baromètre social étant finalement assez fiable pour évaluer les progrès ou les rechutes. J'ai décidé de sourire le plus possible et de ne pas me plaindre. Je n'y suis pas toujours arrivé même si mon besoin de rire et ma joie sont intacts.

On se demande parfois quel homme on sera devant l'adversité et l'épreuve. Difficile de savoir. J'en sais désormais un tout petit peu plus : on est capable du pire et du meilleur.

Je sais aussi que Dieu surprend souvent mais ne déçoit jamais.

Et que la vie est belle.

Versailles, 11 février 2019,
en la fête de Notre-Dame de Lourdes

1. Jean MERCIER, *Monsieur le curé fait sa crise*, Quasar, 2016.

Table

IMPRIM'VERT®

Achevé d'imprimer par CPI,
en septembre 2019
N° d'imprimeur : 155100

Dépôt légal : septembre 2019

Imprimé en France